Tucholsky Wagner Zola Scott Sydow Freud Schlegel
Turgenev Fonatne
Wallace Twain Walther von der Vogelweide Fouqué Friedrich II. von Preußen
Weber Freiligrath Frey
Fechner Fichte Weiße Rose von Fallersleben Kant Ernst Richthofen Frommel
Hölderlin
Fehrs Engels Fielding Eichendorff Tacitus Dumas
Faber Flaubert
Feuerbach Maximilian I. von Habsburg Fock Eliasberg Zweig Ebner Eschenbach
Ewald Eliot Vergil
Goethe Elisabeth von Österreich London
Mendelssohn Balzac Shakespeare Dostojewski Ganghofer
Trackl Lichtenberg Rathenau Doyle Gjellerup
Stevenson Hambruch
Mommsen Tolstoi Lenz Droste-Hülshoff
Thoma Hanrieder
Dach Verne von Arnim Hägele Hauff Humboldt
Reuter Rousseau Hagen Hauptmann Gautier
Karrillon Garschin
Damaschke Defoe Hebbel Baudelaire
Descartes
Hegel Kussmaul Herder
Wolfram von Eschenbach Dickens Schopenhauer Rilke George
Darwin Grimm Jerome
Bronner Melville Bebel Proust
Campe Horváth Aristoteles
Bismarck Vigny Voltaire Federer Herodot
Gengenbach Barlach Heine
Storm Casanova Tersteegen Gilm Grillparzer Georgy
Chamberlain Lessing Langbein Gryphius
Brentano Lafontaine
Strachwitz Claudius Schiller Kralik Iffland Sokrates
Katharina II. von Rußland Bellamy Schilling
Gerstäcker Raabe Gibbon Tschechow
Löns Hesse Hoffmann Gogol Wilde Gleim Vulpius
Luther Heym Hofmannsthal Klee Hölty Morgenstern
Roth Heyse Klopstock Kleist Goedicke
Luxemburg Puschkin Homer Mörike Musil
La Roche Horaz
Machiavelli Kierkegaard Kraft Kraus
Navarra Aurel Musset Lamprecht Kind Kirchhoff Hugo Moltke
Nestroy Marie de France
Laotse Ipsen Liebknecht
Nietzsche Nansen Ringelnatz
von Ossietzky Marx Lassalle Gorki Klett Leibniz
May vom Stein Lawrence Irving
Petalozzi Knigge
Platon Pückler Michelangelo Kafka
Sachs Poe Kock
Liebermann Korolenko
de Sade Praetorius Mistral Zetkin

Der Verlag tradition aus Hamburg veröffentlicht in der Reihe **TREDITION CLASSICS** Werke aus mehr als zwei Jahrtausenden. Diese waren zu einem Großteil vergriffen oder nur noch antiquarisch erhältlich.

Symbolfigur für **TREDITION CLASSICS** ist Johannes Gutenberg (1400 — 1468), der Erfinder des Buchdrucks mit Metalllettern und der Druckerpresse.

Mit der Buchreihe **TREDITION CLASSICS** verfolgt tradition das Ziel, tausende Klassiker der Weltliteratur verschiedener Sprachen wieder als gedruckte Bücher aufzulegen – und das weltweit!

Die Buchreihe dient zur Bewahrung der Literatur und Förderung der Kultur. Sie trägt so dazu bei, dass viele tausend Werke nicht in Vergessenheit geraten.

Dschapei

Ludwig Ganghofer

Impressum

Autor: Ludwig Ganghofer
Umschlagkonzept: toepferschumann, Berlin

Verlag: tradition GmbH, Hamburg
ISBN: 978-3-8424-6842-9
Printed in Germany

Text der Originalausgabe

Ludwig Ganghofer

Dschapei

1

Mutter! Mutter! Da schau her! Was mir der Almbauer gschenkt hat!«

So rief mit einer Stimme, aus der die Freude lachte, ein junges Mädel, während es mit dem Ellbogen die Türklinke niederdrückte und in die kleine, wohldurchwärmte Stube trat.

Die alte Baslerin – ihr Mann selig hatte sich Johann Nepomuk Basler geschrieben – legte das Strickzeug auf ihr offenes Gebetbuch, rückte aus dem Herrgottswinkel hervor und wollte sich erheben.

Schon stand das Mädel vor ihr, ließ sich auf die Knie fallen und legte in den Schoß der Mutter ein kleines, schneeweißes Lamm, das ängstlich in der Stube umherblickte und empor zu den beiden ihm noch fremden Gesichtern.

»Aber Nannei! So was!« lächelte die Alte mit vergnüglicher Miene.

»Gelt, Mutter, so ebbes Liebs!« jubelte Nannei, während sie behutsam das niedliche Tier liebkoste. »Schau nur, die Haar, dö rühren sich an wie lauter seidene Schneckerln! Und dös Goscherl, grad wie a Röserl, grad so a Farb hat's! Und die guten Äugerln! Aber geh!« sprach Nannei das Lamm mit schmollenden Worten an, »du Dschapei, du schaust ja drein, als ob dich wer beißen wollt. Und zittern tust! Gelt, draußen is gar so viel kalt gwesen, du arms Hascherl, du!« Schmeichelnd drückte Nannei ihr Gesicht an den Hals des Tieres und ließ ihm den warmen Hauch ihres Mundes unter die lockige Wolle strömen.

»Nannei? Schämst dich denn net? Bist denn übergschnappt?« schalt die alte Baslerin, während sie den Daumennagel in das Ohrläppchen des Mädels kniff. »Geh, sei net gar so narrisch! Erzähl mir lieber, wie's zugangen is, daß dein Almbauer heut d' Spendierhosen anzogen hat.«

»Dös Lamperl is noch lang net alles! Jöi, du, was mir der Bauer heut alles gschenkt hat! Gar net schleppen hab ich's können! Drum hab ich z'erst mein Lamperl heimtragen, weil's mich so gfreut hat!

Und nach der Kirchen – ich sag' dir's, Mutter, der hochwürdige Herr Kapaziner hat predigt, so viel schön – vom Lamm Gottes und seiner Gutigkeit –, weißt, drum hat mir dös Lamperl gar so a bsonderne Freud gmacht – ja, also nach der Kirchen, wie ich heim will mit die andern, steht mein Almbauer da und lacht mir zu: ›Grüß dich, Nannei! Bist auch beim Zeug?‹ Ja', sag ich, ›wär net aus, wann ich heut daheim blieb.‹ ›,No‹, sagt er, ›wie geht's denn deiner Mutter?‹ ›Ich dank schön‹, sag ich, ›in die Fuß hat sie's halt a bißl. Ja, 's is ihr arg‹, sage ich, ›daß sie's Haus hüten muß grad am heutigen Tag.‹«

»Is schon wahr auch«, seufzte die alte Baslerin, »der erste Ostersonntag, an dem ich zur Kirchenzeit in der Stuben sitz! Unser Herrgott verzeih mir's, aber ich kann nix dafür. Oh, die Fuß, die verteufelten Fuß!«

»No also, und so haben wir halt gredt, wegen deiner und wegen die Küh und Schaf. ›So, Madl‹, sagt er, ›und jetzt gehst mit mir, mein, Weib hat dir an Ostersegen hergricht.‹ ›Jesses na‹, sag ich ganz verlegen, ›dös hätt's aber doch net braucht!‹ ›No, no‹, sagt er, ›,s net so gfahrlich.‹ Und da is er vor mir hergangen bis abi zum Hof. Und wie ich da eini komm in d' Stuben – gwiß wahr, Mutter, ich hab gar nimmer gwußt, was ich sagen soll – da tragt mir die Bäuerin an Kretzen her, bis oben voll mit Äpfel und Nüssen und Eier und weiße Wecken, und in der Mitt drin is an Endstrumm Schunken glegen! Und wie ich noch allweil schau, da legt mir der Bauer zwei Fünfmarkstückln auf'n Tisch!« Nannei zog aus ihrem Rock ein weißes Taschentuch hervor, löste mit vor Eile zitternden Fingern den dicken Knoten und drückte die großen Silbermünzen, die zum Vorschein kamen, ihrer Mutter in die Hand. »So! Dö ghören dein! Da mußt dir ebbes drum anschaffen!«

»Jawohl, sonst nix! Was soll denn ich alts Leut mir noch anschaffen! Dö werden gspart, Nannei, für dich!«

»Mutter! Heut darfst mich net verzürnen! Du mußt dir an neuen Sommerjanker anschaffen, der alte is schon a bißl schiech in der Färb.«

»Was? Der is noch wie neu! Den hab ich noch gar net lang, erst zwei- oder dreiazwanzg Jahr!«

»Jesses! Der is ja schon älter als ich!« scherzte Nannei. »Du kaufst dir den Janker! Oder ich bring dir selber ein', und der muß noch mehrer kosten. Ich will auch wieder amal Staat machen mit meiner Mutter, ja!«

»O du Kindsköpfl!« schmollte die Alte, während sie lächelnd auf die Tochter niederblickte.

»Also ja, und wie ich mit der Bäuerin red, da is der Bauer aussi aus der Stuben, und wie er wieder einikommen is, hat er 's Lamperl auf die Hand und sagt: `So, weil ich kein zuckerns net hab, jetzt muß ich dir halt a lebendigs schenken, daß d' über d' Feiertäg an guten Braten hast, du mit deiner Mutter!' Hat er gsagt, und hat mir dös Lamperl geben. Aber gelt, Mutter, dös schlachten wir net? Wär Sünd und Schand um so a herzliebs Viecherl.« Nannei sprang aus der Stube. »Wart, jetzt mach ich ihm gleich a Liegerstatt hinterm Ofen.«

Sie erschien mit einem großen Korb, der bis zur Hälfte mit lockerem Heu gefüllt war. Den stellte sie in der Ofenecke auf die schrundigen, doch blank gescheuerten Dielen und holte das Lamm von ihrer Mutter Schoß.

»Madl, Madl«, mahnte die Alte, während sie den grauen Kopf bedenklich zwischen den Schultern wiegte, »dös wird sich hart machen. Im Haus haben wir nix, kei' Milli und sonst nix, haben ja selber kaum a Bröserl zum beißen!«

»Ah was!« lachte Nannei. »Der Almbauer hat mir heut so viel gschenkt! Dös macht mich keck. Der muß mir diemal an Krug voll Milli schenken. Bei seine vielen Küh, da macht er's leicht. Dö paar Wochen bringen wir 's Lampl schon durch, und nacher geht's mit mir auf d' Alm auffi, da hat's grad gnug zum Umanandergrasen. Für heut weiß'ich auch schon an guten Rat!« Sie öffnete das Bratrohr und zog einen dampfenden Hafen heraus.

»Jesses! Was machst denn!« kreischte die alte Baslerin. »Dös is ja unser Milli für Mittag zur Millisuppen!«

»Geh, sei gut! Ich lauf gleich und hol den Kretzen mit meim Ostersegen und mach dir Schunkenknödel von derer Größ!« Nannei zeichnete den Umfang eines Riesenknödels ›von derer Größ‹ mit beiden Armen in die Luft.

Die Baslerin war beruhigt. Und Nannei vertiefte sich in die Sorge um ihren Pflegling. Sie kühlte die allzu warme Milch mit Wasser, goß sie in ein aus Vaters Lebzeiten stammendes Branntweinfläschl und verschloß es in Ermangelung eines Saugschlauches mit einem aufgerollten Leinwandstückchen, so daß die Milch bei gehobener Flasche in reichlichen Tropfen aus den Fäden sickerte. Ihr niedlicher Pflegling, der im Alter kaum die zweite Woche erreicht haben mochte, stellte sich bei den ersten Versuchen künstlicher Ernährung ein bißchen ungeschickt. Ein um das andre Mal rief Nannei in sorgenvoller Ungeduld: »Du Dschapei! O du Dschapei, du dumms!« Dieser Name, mit dem die Leute im Berchtesgadnerland halb scheltend und halb in schmeichelndem Sinn ein sanftes, gutmütiges, nur etwas beschränktes Wesen zu benennen pflegen – wofür die Schwaben das bekannte ›Tschapperle‹ haben –, dieser Name war hier berechtigt wie nicht leicht ein andrer. Ja, das war ein richtiges Dschapei! Nannei meinte es gut mit ihm, aber immer wieder riß das kleine Dschapei sein weißes Köpfl aus dem Arm des Mädels, strampelte mit den Füßen, wollte aus dem Korb springen, puffte mit der Schnauze die Milchflasche zur Seite oder ließ, wenn es wirklich einmal die Flasche nahm, die Milch, statt sie zu schlucken, aus den Mundwinkeln niedertropfen ins Heu.

Ob es wohl an seine Mutter dachte, die man am Abend des verwiehenen Tages aus dem Stall geführt hatte? Armes Dschapei! Die hing jetzt drunten in Unterstein zur Hälfte in des Almbauern Keller an einem blutigen Eisenhaken, zur andern Hälfte dampfte sie als Ostersonntagsbraten in der mächtigen Schüssel, um die der Bauer, die Bäuerin, die drei Kinder der beiden, der Knecht und die Mägde herumsaßen, mit spitzen Gabeln und scharfen Zähnen.

Du dummes Dschapei, du solltest froh sein, daß du zu klein warst für den großen Hunger dieser vielen Leute, froh sein, daß dein Glück dich lebendig in die liebevolle Obhut eines gutherzigen Wesens führte! Und wie blind bist du für dieses Mitleid, wie widerspenstig gegen diese Fürsorge! Dschapei, Dschapei! Du bist so dumm, wie die Menschen sind. Als Schaf solltest du doch eigentlich klüger sein!

»Mein Gott, mein Gott«, jammerte Nannei, »geh, sei gscheit, so trink doch a bisserl! Tust mir ja sonst verhungern, du Dschapei du!«

»Wart«, sagte die alte Baslerin, »jetzt will ich dö Gschicht amal probieren!« Sie tauchte den an der Zunge benetzten Zeigefinger in den Salznapf. Vor dem Korb auf dem Stubenboden sitzend, lockerte sie den Leinenpfropf der Flasche, wickelte das vorgezogene Ende des milchgetränkten Gewebes um den salzigen Finger und steckte ihn mitsamt dem Flaschenkopf in die von Nannei geöffnete Schnauze des Lammes. Und sieh, das Dschapei schnappte begierig zu. »Schau, Madl, da nimm dir a Beispiel!« predigte die Baslerin. »Bloß der Mensch is so a Rindvieh und lauft allweil der ungesunden Süßigkeit nach. A verstandsams Viecherl hat allweil a Freud an der gsunden Säuernis. Dö schmeckt ihm.«

Wahrhaftig, das Dschapei dehnte sich vor Behagen, legte die Kehle in den Schoß der alten Frau und sog in durstigen Zügen die Milch aus der Flasche. Und während es so lag und trank, blinzelte es wohlwollend mit den sanften, blaugrauen Augen zu Nanneis Antlitz hinauf.

Es war eine Freude, in dieses jugendfrische, muntere Mädchengesicht zu schauen. Wie ein rotbackiger Apfel war es, auf dem noch der Tau der ersten Reife liegt. Die vollen Lippen wußten nur kindlich zu lächeln, die großen, braunen Augen blickten klar und leuchtend; sie hatten die den Glanz der Augen trübende Träne noch nicht kennengelernt, kannten nur die Kinderträne; noch nie hatten sie aus herzzerreißendem Leid geweint. Damals, als die Leute den Vater nach Hause brachten, zerrissen von den Zacken und Schroffen der Sigerethwand, über die er als Treiber bei einer Gemsjagd herunterstürzte, war Nannei noch ein Kind gewesen, das den Tod des Vaters nicht zu fassen wußte und nur weinte, weil es die Mutter weinen sah.

Die Enge des elterlichen Hauses, die Armut ihres Lebens, das für Mutter und Tochter knapp das sättigende Brot zu bieten wußte – diese Dinge störten Nanneis Laune nicht; sie war es so gewohnt von Jugend auf, war zufrieden und wünschte sich nichts Besseres. Das kleine Haus mit der winzigen Küche und den zwei engen Stübchen war ihre fehlerlose Welt. Was brauchte sie mehr als einen Raum, in dem sie neben der Mutter schaffen, essen und schlafen konnte? Die Tage der gröbsten Sorge lagen auch hinter ihr. Nun war sie groß und konnte arbeiten, für zwei und drei. Schon im verwichenen

Sommer war sie Hüterdirn auf der Regenalm gewesen, hatte keinen Pfennig von ihrem Lohn gebraucht und hatte von den Trinkgeldern der die Alm besuchenden Sommergäste noch ein Hübsches hinzugespart. Der Winter hatte freilich von diesem Reichtum fest heruntergeknuspert, dennoch mußten ihr, bis sie wieder zu Berge zog, an die zwanzig Mark verbleiben. Das war schon der Anfang zu einem Vermögen. Und was wird nun erst der Sommer bringen! Weil sie sich auf der Regenalm so tüchtig gehalten, hat der Bauer sie jetzt trotz ihrer siebzehn Jahre schon als richtige Sennerin eingedingt. Während sie da droben schafft und ihren Lohn spart, sitzt die Mutter herunten im Stübl und strickt immerzu – das deckt ihre winzigen Bedürfnisse, darüber hinaus fällt sogar noch ab und zu ein Nickelstück in die Sparkasse; viel ist's freilich nicht, aber ‚regnet's net, so tröpfelt's doch!' pflegte die alte Baslerin zu sagen. Nannei wußte in Gedanken schon nimmer, wohin mit dem grausam vielen Geld. Nun hat sie auch schon ein Lamm; das wird ein Schaf werden und gute, schwere Wolle geben, die von der Mutter gesponnen und für die Burschen zu Wadenstrümpfen verstrickt werden kann, zwei Mark achtzig Pfennig das Paar. Und wenn ihr droben auf der Alm kein Unglück widerfährt, wenn ihr kein Stückl abstürzt und wenn sie im Herbst heimwärtstreibt mit ihren Kühen, jede kugelrund und mit glänzenden Haaren – wer weiß, das wäre nicht der erste Fall – vielleicht schenkt ihr dann der Almbauer in seiner Freude und aus Dankbarkeit eine Kalbin. Eine weiße, mit braunen Backen und einem braunen Strich über den Rücken hin wäre ihr am liebsten. Aus dem Kälbl wird eine Kuh; und die Milch kann man zur Hälfte in der Wirtschaft brauchen, zur Hälfte verkaufen. Kühe vermehren sich. Dazu sind sie doch eigentlich auf der Welt, der liebe gescheite Herrgott hat es mit erstaunlichem Scharfsinn so eingerichtet. Da kommt also mit der Zeit eine zweite Kuh, eine dritte und immer so weiter. Mit dem Inhalt der Sparbüchse läßt sich an das kleine Haus ein kleiner Stall anbauen, und – o Gott, o Gott. Der Nannei wurde bei solchem Gedanken ganz wirblig im Köpfl. Schwül aufatmend, hob sie die Hand, eine braunrote, schwielige Hand, um von der Stirn die blonden Haarbüschel fortzustreichen, die sich unter den dicken Zöpfen hervorgestohlen hatten.

»Geh, Nannei«, sagte die alte Baslerin, »dös Tierl kommt ohne deiner auch zu seim Sach. Spring lieber abi zum Almbauer und hol dein' Ostersegen!«

Aus Nanneis Zügen schwand der nachdenkliche Lebensernst; sie lachte und zeigte dabei die blinkweißen, regelmäßigen Zähne, »Gelt, bangt's dich schon a bißl nach deine Schunkenknödel? Aber hast recht«, sie strich dem Dschapei über Hals und Kopf, sprang auf und schüttelte die Röcke, »jetzt tummel ich mich, daß ich bald wieder daheim bin! Ja, paß auf, dö sollen dir schmecken, Mutter!« Da war sie auch schon draußen und wanderte über die schneebedeckten Wiesen der Fahrstraße zu.

Die Männerleute, die ihr begegneten, grüßten mit freundlichen Worten. Ledige Burschen blieben stehen, drehten die Hälse und blickten der schmucken Erscheinung nach, die unbekümmert um die ihr folgenden Blicke dahinschritt, im dunkelblauen Röckl mit der weißen Schürze, im schwarzen Wams mit dem roten, grünumränderten Brustschild, den schmucklosen Hut über den blonden Flechten. Was half den Buben das Kopfdrehen und Nachgucken? Nannei merkte nicht, daß ihr diese Ehre galt. Der liebe Herrgott, die Mutter und das kindliche Erinnern an den seligen Vater füllten ihr junges Herz bis in das letzte Winkelchen aus. Da drinnen hatte bislang nichts anderes Platz, nun höchstens noch ihr wolliges Dschapei.

Als Nannei eine Stunde später mit ihrem Ostersegen daheim die Stube betrat, saß die alte Baslerin wieder im Herrgottswinkel vor dem offenen Gebetbuch, das klappernde Strickzeug zwischen den spießig bewegten Fingern. Ruhig lag das Dschapei in seinem Heu und ließ den Kopf mit geschlossenen Augen über den Rand des Korbes hängen; ab und zu runzelte es die Stirn und zuckte mit den kärglich behaarten Ohrlappen – das waren zwei deutliche Zeichen von Wohlbefinden. Bei den Schafen ist es so. Wenn Menschen die Ohren hängen lassen und die Gegend über der Nase runzeln, fühlen sie sich äußerst unbehaglich. Es wird noch viele Jahrtausende dauern, bis diese beklagenswert zurückgebliebene Rasse sich aufwärts entwickelt zu lammsmilder Seelenharmonie.

2

Der Ostermontag brachte Frühlingswetter. Die Bäume und Dächer troffen von dampfendem Tauwasser, die Wege wurden braun und kotig, auf den Wiesen hoben sich fahlgelbe Flecken aus dem rissigen Schnee, und die winterlichen Berge nahmen jene blaugrüne Färbung an, die ein verläßliches Zeichen des nahen Lenzes ist.

So ging es weiter, Tag um Tag. Wohl füllten die wallenden Nebel das Tal, aber die Sonne kam zu Kräften und trieb sie hinauf bis zu den Kuppen der höchsten Berge. Bald lag die Talflur ledig ihrer weißen Bürde. Wie eine Schnecke, wenn sie erschrickt, die Fühler schrumpfen läßt und sich zurückzieht ins Gehäuse, so schrumpfte der Schnee die steilen Hänge hinan und zog sich zurück in sein kaltes Felsenhaus.

Die ersten Gräser stachen aus dem feuchten Grund, aus allen Zweigen sprangen die lichtgrünen Knospen, und in der Nähe bestrüppter Straßenraine füllte ein zarter Veilchenduft die sonnigen Lüfte.

Im Baslerhäuschen, das neben dem Wege lag, der von Königssee nach Ilsank leitet, ging alles seinen gewohnten, stillen Gang. Vom Morgen bis zum Abend saß die alte Frau im Herrgottswinkel und ließ die Nadeln klappern; aus denen die grünen und weißen Strümpfe hervorwuchsen, kurz oder lang, eng oder weit, wie es die Wadenverhältnisse der Besteller verlangten.

Nannei führte die Wirtschaft. Das machte wenig Mühe. Die Brennsuppe am Morgen, die ›Nudeln mit Kraut‹ oder die ›Kaasnocken‹ des Mittags und die Wassersuppe am Abend, diese Dinge kochten sich sehr rasch – fast schneller, als es mit dem Essen ging. Daneben aber gab es harte Arbeit mit der ›Nahterei‹. Nannei mußte die eng gewordenen Spenzer und Janker weiter machen, mußte an den verwachsenen Röcken die Querfalten auslassen oder mußte, wenn dieses Mittel nimmer fruchtete, neue, breitere Säume anstückeln, um sie wieder zu schicklicher Länge zu bringen. Auch die Bergschuhe, die der letzte Sommer übel mitgenommen hatte, flickte sie selbst zurecht, schnitzte sogar mit eigenen Händen die für die Almenarbeit nötigen ›Holzpatschen‹. Schön waren sie nicht, es wurden zwei schreckliche Flöße, aber sie waren billig, und das gab bei Nannei vor allen anderen Reizen den Ausschlag.

Ein paarmal in der Woche ging sie zur Taglohnarbeit. Gerne wurde sie vom Oberförster zum Jäten in die Kulturgärten gerufen; während die anderen Arbeiterinnen mit groben Händen zutappten, geschah es der Nannei nie, daß sie mit dem Unkraut auch den kleinen grünen Segen aus der Erde rupfte.

Jede freie Stunde widmete sie der Erziehung ihres Dschapei. Das Lamm gedieh, daß es für Nannei eine Freude war. Bald lernte es, seiner Herrin auf einen Lockruf entgegenzutrippeln, bald fing es an, ihr aus eigenem Antrieb überallhin nachzulaufen, hinaus bis in die Kammer, in der die zwei Betten mit den wurmstichigen Gestellen standen, von der Kammer wieder in die Stube und von da in die Küche. Es begann auch schon Verstand zu bekommen. Wenn es nicht pünktlich seine Nahrung erhielt, mahnte es mit lautem Schmälen seine Pflegerin an ihre Pflicht. Verstand? Nun ja, das ist ein bißchen viel gesagt. Will man der Wahrheit die Ehre geben, so muß man zugestehen, daß dieses kleine Schaf in puncto Verstand etwas Menschliches hatte.

Häufig geschah es, daß sich das unerfahrene Dschapei an den heißen Eisenplatten des geheizten Ofens die Schnauze oder die Ohrlappen verbrannte. Es wollte wie die Menschen in der Schule des Lebens nicht lernen und machte als deutsches Schaf immer wieder die gleichen Dummheiten. Eines Tages zog es mit dem Maul das blaugefärbte Tischtuch herunter und verbrühte sich am siedheißen Inhalt der niederstürzenden Suppenschüssel den halben Rücken. Die Stubenschwelle überschritt es mit Vorliebe in dem Augenblick, in dem ein Windzug die Tür zuwarf. Wenn es versuchte, Nannei über die Bodenstiege nachzuklettern, fiel es entweder herunter oder klemmte einen der Füße in die Bretterklunsen. Und als es erst hinaus durfte in den Hof, auf die Straße, auf die Wiesen – ach, du lieber Himmel! Da stand es unbeweglich auf einem Fleck und guckte verwundert in die schöne Gotteswelt; in solch einer beschaulichen Stunde wäre es einmal auf der Straße fast überfahren worden. Von allen Hunden der Nachbarschaft wurde es abgerauft und gebissen. Um ein Gras, ein eben erst aufgeschossenes Kräutl zu holen, zwängte es den Kopf in die Lücken der Zäune und würgte sich an den unnachgiebigen Stäben halb zu Tode. Einmal stürzte es in einen Tümpel, weil es mit seinem Spiegelbild scherzen wollte, und wäre jämmerlich ertrunken, wenn ihm nicht Nannei noch zur rechten Zeit aufs Trockene verholfen hätte.

»O du Dschapei, du Dschapei, du!«

Das zu rufen, hatte Nannei an jedem Tage dutzendfachen Grund. Und so kam es, daß für das Lämmchen zum klagevollen Namen wurde, was zuerst als zärtliches Schmeichelwort gegolten hatte: Dschapei!

Woche um Woche verging. Die ersten Junitage brachten warmen Regen, der die Fluren im Tal noch grüner färbte und auch die hoch gelegenen Almgehänge zu sichtlichem Leben erweckte.

Eines Freitags kehrte Nannei, die am Morgen in Taglohn gegangen war, lange vor Feierabend nach Hause. Im Hofraum kam ihr das Dschapei entgegengelaufen. »Uijegerl!« Nannei faßte das Tier bei den Vorderfüßen und hob es an ihre Brust empor. »Du! Morgen geht's auf d' Alm auffi! Da wirst aber spannen! Du, da is schön! Da kannst abi schauen ins Tal, weitmächtig weit! Und da gibt's Hirschen und Gamsln! Du, da mußt obachtgeben, daß dich keins erwischt mit seine spitzigen Hackerln!«

In der Stube wiederholte das Mädel die Neuigkeit mit etwas gedrückten Worten. »Morgen wird aufgetrieben. Zwei Wochen bleiben wir –« Nannei meinte sich und die Kühe, »im Wimbachtal auf der Griesalm, und nacher geht's auffi am Trischübl. Morgen in der Früh um fünfe muß ich drunt sein beim Almbauer.«

Ein tiefer Seufzer war die Antwort der alten Baslerin.

Nach einer Weile sagte Nannei: »Vierzehn Küh krieg ich mit.«

»Viel! Für eins allein!« erwiderte die Alte. »Aber jetzt is nix mehr z'machen. Jetzt geh halt und richt deine sieben Zwetschgen zamm!«

Langsam wandte sich Nannei vom Tisch und trat in die Kammer.

Wieder seufzte die alte Baslerin und klapperte mit den Nadeln. In Sorge hatte sie seit Wochen dem Tag entgegengesehen, an welchem Nannei zu Berg ziehen sollte. Die Ursache dieser Sorge war nicht der Umstand, daß sie nun für Monate ihr Nannei missen und allein bleiben sollte. Das mußte so sein, das ging nicht anders. Aber –

Ja, dieses ›aber‹! Schon damals am Ostersonntag war es ans Licht gekommen, was hinter der großen Freigebigkeit des Almbauern steckte. Der pure Geiz! »Du, Mutter«, hatte Nannei gesagt, als sie den Korb mit dem Ostersegen heimbrachte, »der Almbauer hat gmeint, droben im Trischübl war 's Hüten leicht, weil 's Vieh net weit auskann, von wegen die Wand. Und da kunnt er mich allein auffischicken, ohne Hütermadl. Zwanzg Mark tat er mir zulegen, hat er gsagt, und da kunnt er ebbes sparen, und ich kam besser weg. A bißl mehr Arbeit hätt ich halt. Aber schau, ich bin jung und stark und hab an guten Willen.«

Da hatte die Alte gepoltert: »Nix da! Da wird nix draus! Dös war mir 's Wahre! Du? Und allein? Nix da! Gleich packst die ganze Wirtschaft wieder zamm, die altbackenen Wecken, den schmecketen Schunken und dein bockbeinigs Lampl! Alles trägst wieder abi zu dem Siebengescheiten und sagst ihm, er soll sein' Pfifferling behalten. Und sagst ihm, daß du ohne Hütermadl net almen gehst! Gar nie net! Dös is nix! Dös taugt nix!«

»Mutter, dös laßt sich nimmer umschustern!« hatte Nannei verlegen erwidert. »Ich hab an den schönen Verdienst denkt und hab dem Bauern zugsagt auf Handschlag und Angeld.« Sie hatte aus der Tasche einen Preußentaler hervorgeholt und ihn auf zitternder Hand der Mutter entgegengehalten.

»Jesses na!« Die Mutter hatte den Taler gepackt und auf den Tisch geworfen, daß er klingend aufsprang. »Wie hast du dir denn so was unterstehn können! Bin ich nimmer dei' Mutter? Net amal fragen tut man mich mehr? Bei so ebbes!« Mit beiden Händen war sie sich in die grauen Haar gefahren, ganz verzweifelt. »So allein da droben! Weiß Gott, was eim da passieren und zustoßen kann!«

»Geh! Wer wird denn gleich an so ebbes denken! Da droben is mir unser Herrgott näher als im Tal, und der Vater selig is mir auch net weit. Die zwei hüten mich schon.«

»Ich will's hoffen, ja!« hatte die alte Baslerin geseufzt. Aber die Sorge nagte an ihr um so unermüdlicher, weil sie schweigen mußte, um ihres Kindes Gedanken nicht gerade auf das zu leiten, was sie von ihm ferne halten wollte. Da droben! Sie kannte das. Sie hatte das an sich selbst erfahren; sie war auch da droben gewesen – ganz allein.

Im letzten Sommer hatte sie Nannei sorglos zu Berge ziehen sehen; da war Nannei noch ›das‹ Nannei, noch ein halbes Kind gewesen. Und die Sennerin, zu der sie als Hütermadl kam, war eine alte, gottesfürchtige Person, herzensgut, aber glücklicherweise so häßlich, daß die almfahrenden Buben einen weiten Bogen um ihre Hütte machten. Seit dem Winter war Nannei im Mund der Leute ›die‹ Nannei geworden. Und nun sollte sie da hinauf, so allein! In stiller, schöner Einsamkeit, die nur von der Natur und ihrem scheuen Getier belebt ist, schwillt dem einsamen Menschen das Herz, wie zu lenzender Zeit die Keime schwellen. Da droben, wo die Natur nur herrscht, muß auch der Mensch ihrem Zwang und Drang sich unterwerfen, und aus der jungen Seele steigt ein Wünschen und Sehnen, von dem noch kein Menschenmund zu ihr gesprochen. Es kommt, man weiß nicht woher und weiß nicht, wohin es zielt, bis – ja, bis!

Die alte Baslerin kannte das. Sie war auch da droben gewesen und hatte am Almfenster ihren Muckei gefunden – Gott hab ihn selig, den Armen! Ihr war es zum Glück geraten, der Muckei war ein ehrlicher Bub. Freilich, ein kurzes Glück, aber doch ein Glück! Noch immer wurden der alten Baslerin die Augen hell, wenn sie zurückdachte ans Vergangene. Aber so, wie ihr Muckei war, so sind sie nicht alle. Und einem, der zufällig des Weges kommt, wenn das Herz offen steht, dem kann man nicht in die Seele schauen, nur ins Auge, und das ist ein Schwindel voller Guckkasten, das Männerauge! Die alte Baslerin kannte das aus hundert Geschichten, die zeit ihres Lebens geschehen waren.

»Ah ja!«

Immer wieder huschte dieser Seufzer über ihre welken Lippen. Und als sie in der Nacht vom Freitag auf den Samstag neben Nannei im Bett lag, warf sie sich ruhelos hin und her.

Einmal erwachte Nannei. »Mutter, was hast denn?«

»Kein' Schlaf hab ich.«

Als das erste Zwielicht hereinblickte durch das kleine Fenster, hatte die alte Baslerin noch kein Auge geschlossen. Lautlos erhob sie sich, um die Brennsuppe zu kochen, damit Nannei die Ruhe bis zur letzten Minute vergönnt wäre. Ein halbes Stündlein später trug sie die dampfende Schüssel zum Tisch und weckte ihr Kind. Schweigend aßen die beiden. Als Nannei den Löffel am Tischtuchzipfel säuberte, sagte die alte Baslerin: »So, jetzt geh halt! In Gotts Namen!«

Nannei machte das Dschapei munter und knüpfte ihm an einem dünnen Riemen ein kleines Glöckl um den Hals. Dann belud sie ihren Rücken mit der Kraxe, auf die ein hoher, schmaler Korb gebunden war, der ihr Arbeitsgewand, das nötigste Kleingeschirr und alle sonstigen Dinge barg, die sie da droben nicht missen konnte: das Nähzeug, ein paar Heiligenbilder, das Weihbrunnkesselchen und die Flasche mit dem Weihwasser, ein Kruzifix, ein Büschel geweihter Palmzweige und mancherlei, was sich im Anschluß an heilige Dinge nicht gut nennen läßt, wie Kamm und Seife.

Die alte Baslerin tauchte die zitternden Finger ins Weihwasser und besprengte Nanneis Gesicht. »So! Und jetzt pfüet dich Gott! Und gelt, vergiß mir 's Beten net!«

Es war wohl nicht allein des blassen Frühlichts wegen, daß Nannei so bleich erschien. »Pfüet dich Gott, Mutter! Tu dich gut halten und plag dich net z'viel!« Sie löste ihre Hand und trat hinaus in den Hof.

Die alte Baslerin kniete auf die Flursteine nieder, umschlang das Dschapei mit beiden Armen und flüsterte dem Tier ins Ohr: »Gelt, tu mir Obacht geben auf mein Nannei!« Während die Alte sich mühsam erhob, guckte das verdutzte Viecherl drein wie ein Schiffsjunge, dem man die Führung eines Schlachtkreuzers anvertraut.

Noch einmal schüttelten Mutter und Tochter sich die Hände. Darin schritt das Mädel über die graue Wiese, auf der das Morgenlicht den Glanz der Tauperlen noch nicht geweckt hatte. Als Nannei sich ein letztes Mal umsah, winkte ihr die Mutter mit beiden Händen zu und rief: »Ich such dich schon amal heim da droben, wann's meine Füß derleiden.«

Nannei nickte stumm. Als bei einer Senkung des Weges das elterliche Häuschen ihrem Blick entschwand, brach sie in Tränen aus. Sie wußte nur, was sie verließ. Was würde die kommende Zeit ihr bringen? Gutes? Böses?

»Gelt, du kannst lustig sein!« rief sie dem Dschapei zu, das fröhlich im Gras umhersprang und immer den Hals schüttelte, als wäre ihm das Klingeln und Bimmeln seines Glöckchens eine besondere Freude. Das Gefühl der Verantwortung, das ihm die Baslerin in die lämmerne Seele gelegt hatte, schien dünner zu sein als das zarteste Härchen seiner weißen Wolle.

3

Der Almzug ging von Unterstein über die Schönauer Wiesen gegen den Schapbacher Forst. Voraus der Bauer. Das war der richtige Hochländer, aufgeschossen, eckig und sehnig, mit einem harten Gesicht. Ihm folgte der weißhaarige Spitz, der es durchaus nicht leiden wollte, daß sich die eine oder andere der vierzehn Kühe grasend am Wegrain verhielt. Nannei drohte dem zänkischen Köter des öfteren mit dem Haselnußstab, den ihr der Bauer beim Auszug gereicht hatte. Und viel Sorge machte ihr das Dschapei. Gleich zu Anfang des Marsches war es von einer Kuh getreten worden. An einer Quelle kühlte ihm Nannei die schmerzende Stelle, da war's besser. Aber als das Dschapei den blessierten Fuß erst wieder richtig gebrauchen konnte, sprang es bald rechts bald links vom Wege. In jeden Busch mußte es gucken und durch jede Staude schlüpfen. Dabei blieb es einmal mit dem Halsriemen an einem Aste hängen. Gut war's, daß hinter Nannei noch einer nachkam, der das Dschapei immer wieder vorwärtstrieb.

Das war der alte Wofei, der auf einem Handwägelchen das Almgerät hinter sich herzog: den kupfernen Kessel, das blankgescheuerte Butterfaß, die Milchkübel und Milchgeschirre und was zur Arbeit da droben nötig ist. Dieser Wolfgang Haberecker, der an Goethe erinnerte, wenn auch nur durch seinen Namen, mochte seine sechzig Jahre zählen. Eine verwitterte, in sich geduckte Gestalt, deren landübliches Gewand bis zur äußersten Grenze der Möglichkeit abgetragen erschien. Unter dem schäbigen Hut quollen weißgraue Haare hervor; ein struppiger Bart verhüllte das Gesicht bis zu den stumpfen Augen; aus diesem Bart hob sich eine graue bucklige Nase. Wofei hatte eine schnüffelnde Art, den Mund zu verziehen, wobei das dickfleischige Nasenende bald nach rechts, bald nach links hinüberwackelte.

Als Dreißiger war er von irgendwoher an den Königssee gekommen und hatte zwanzig Sommer als Holzknecht in den Bergen gearbeitet. Man sah ihn während dieser Zeit nur am Sonntag, wenn er im Wirtshaus den Wochenlohn vertanzte, verspielte und versoff. Während des Winters pflegte er sich ins flache Land hinaus für Weg- und Bahnbauten zu verdingen. Mit dem Frühling kehrte er zurück und nahm die Holzaxt wieder auf den Rücken. So ging das, bis ihm für die rauhe Art eines solchen Lebens die Kraft zu schwinden begann. Ganz plötzlich kam es, vor fünfzehn Jahren etwa. Da fiel er in sich zusammen; eine Bäuerin würde sagen: ›wie a Dampfnudl, dö halb fertig aus der Pfann kommt.‹ Er hielt die Berge nicht mehr aus und mietete zu Unterstein eine baufällige Hütte, die von einer Beschaffenheit war, daß sich die Ratten und Mäuse darin nicht behaglich fühlten. Zu allen Arbeiten, für die seine Kraft noch ausreichte, ließ er sich verwenden, als Träger, als Karrenzieher, als Botengänger, als Brotlieferant für die Almerinnen. Was er über sein dringlichstes Lebensbedürfnis verdiente, vertrank er in Schnaps. Dabei verdummte er schön langsam. Sehr übel roch er nach Unreinlichkeit, aber das merkten nur ganz feine Nasen, weil der Wofei noch viel heftiger nach Spiritus duftete, der überall in seinem Körper gärte, am bedenklichsten im Gehirn. Wenn er besoffen war – und das war fast immer der Fall – führte er wirre Reden, an denen die Leute viel zu lachen fanden, besonders an seiner konfusen Art, über die Weiberleute loszuschimpfen. Ja, ein Weiberfeind war der Wofei immer gewesen. Auch in seinen früheren Jahren hatte man nie bemerkt, daß er sich mit einem Mädel eingelassen hätte. Auf dem Tanzboden tanzte er immer allein, wobei er mit den Füßen stampfte und die Hände auf Sohlen und Schenkel schlug, daß es hallte und klatschte; bei jeder Runde warf er den Fuß empor an die niedere Decke, an der die Spuren seiner Schuhnägel zurückblieben; dazu schnackelte und fauchte er wie ein Spielhahn.

Diese Schnackelzeit war freilich für den Wofei schon lang vorüber. Jetzt war er froh, wenn er gemächlich mit hängenden Knien den einen Fuß vor den andern brachte.

Der Nannei war es lieb, wenn er zurückblieb. Sie hatte einen tiefen Widerwillen gegen diesen Menschen; er starrte sie immer so eigenartig an und sprach mit Worten auf sie ein, in denen sie keinen Sinn zu finden wußte.

Zwei Stunden hatte der Marsch bereits gedauert, und die Wimbachklamm war überstiegen. Die Sonne glänzte schon über die Berge her.

»Grüß Gott!« hörte Nannei den Bauer an der Spitze des Zuges sagen.

»Grüß Gott auch!« klang eine kräftige Stimme zur Antwort.

Nannei hob den Kopf; sie sah keinen Menschen, gewahrte nur den Futterstadel, aus dessen langgestreckten Raufen das Hochwild im Winter seine Nahrung holt.

»Grüß dich, schöns Madl!« scholl es seitlich vom Wege her. Im Schatten der Wildscheune sah Nannei einen feiertäglich gekleideten Burschen im Gras liegen. Unmutig gab sie den Gruß zurück und schritt vorüber. Schön? War sie denn schön? Zum erstenmal hatte ihr das einer ins Gesicht gesagt, dazu noch einer, den sie zeit ihres Lebens nie gesehen hatte. So eine Keckheit!

Da löste sich eine Kuh aus der Herde und stieg vom Wege zum Bach hinunter. Nannei lief ihr nach, und die Begegnung von soeben war vergessen. Das Dschapei aber schien an dem Wegelagerer etwas Merkwürdiges zu finden und streckte schnuppernd die Nase. Lächelnd richtete der Bursche sich auf, lockte das Tier durch leise Zungenschläge, griff in die Joppentasche und hielt ihm auf den gestreckten Fingern ein Häuflein Salz entgegen. Das Dschapei kam hurtig näher und löffelte gierig die Salzkörner von der sonnverbrannten, fremden Hand. »Gelt, dös schmeckt! Da kriegst noch mehrer, wann's amal an der Zeit is!« Der Bursche drückte den Hut mit der weißgesprenkelten Weihenfeder über das braune Kraushaar und sprang aus dem Gras.

Das Dschapei guckte hinauf zu dem fremden Gesicht mit dem aufgedrehten Schnurrbart und den verwegenen Blitzaugen und sprang in bockenden Sätzen über die grasdurchwachsene Straße bis an Nanneis Seite, wo es rückwärts blickend wieder stehenblieb. Das Gebaren des Tieres veranlaßte auch Nannei, den Kopf zu drehen, und da sah sie den Burschen kommen. Er holte sie ein und nickte lächelnd. »Hast ebbes dagegen, schöns Madl, wann ich gleichen Schritt halt mit dir?«

»Der Weg is frei für an jeden.«

»Ich mein' halt, lieb verplauscht, da wird er eim kürzer.«

»Da wird er dir lang bleiben müssen.«

»Hast net a bißl Zutrauen zu mir?« Lachend drückte der Bursch seinen Ellbogen an den Arm des Mädels. »Da kannst ebbes lernen.«

Scheu wich Nannei zur Seite. »Für a söllene Schul hab ich an schwachen Kopf.«

»Einbilderisch bist aber gar net! Dir tät man a bißl Stolz verzeihen, dir mit deim lieben Gsichtl!– –Geh weiter!« Die beiden letzten Worte galten dem Dschapei, das die Joppentasche des Burschen beschnupperte. Es wurde von einer hartknochigen Hand unsanft beiseitegeschoben. Nach dem vertrauenerweckenden Beginn seiner Freundschaft mit dem Fremden schien es eine solche Abfertigung nicht erwartet zu haben und blickte verdutzt zu dem launischen Freund empor.

»Wohin willst denn?« fragte Nannei den Burschen, um zu hören, wie lange sein Weg ihn noch an ihrer Seite hielte.

»Ich hab noch an säubern Marsch vor die Füß: am Trischübl auffi, von da zum Fundensee ummi und übers Steinerne Meer nach Saalfelden abi.«

»Da mußt dich aber tummeln. Sonst kommst in d' Nacht eini. Dös is a Weg von zehn, zwölf Stund.«

»Du bist es schon wert, daß man sich a bißl verhalt! Muß ich's halt nacher um so gschwinder machen. Was an andrer mit Müh in zehn, zwölf Stund derkraftet, dös mach ich in achte und neune. Schmalz mußt halt haben in die Füß.«

Einen flüchtigen Blick warf Nannei über die hohe, geschmeidige Gestalt des Burschen. »Bist a Holzknecht?«

»Na, dös Gschäft is mir z'pechig.«

»Bist a Senn?«

»Na, dös ist mir z'milchig.«

»Du hast aber an heiklen Gusto. Was bist denn nacher so bsonders?«

»Ich hab mir a Gschäft ausgsucht, bei dem a guts Auskommen is, ohne daß man sich plagen muß: Ich bin der einzig Sohn von eim Bauern, der seine fufzg Küh im Stall hat.« Er schien sich zu wundern, daß diese Mitteilung auf Nannei so wenig Eindruck machte.

»So so!« Das war ihre ganze Antwort.

»Ja, ich bin der Suttner Korbini von Saalfelden.«

»Korbini?« kicherte Nannei. »Dös is aber a seltsamer Nam! Steht denn der im Kalender?«

»No freilich! Aber a gspaßiger Heiliger is dös gwesen, auf den ich tauft bin, der heilige Korbinian. Dös muß a geduldige Seel gwesen sein! Hat sich bei lebendigem Leib d' Haut abiziehen lassen! So ebbes tät ich mir net gfallen lassen.«

»Wie kann man denn so reden von eim heiligen Märtyrer? Du mußt a feiner Christ sein!«

»Am Sonntag halt, auf a paar Stund.«

»So a Wörtl! Da tat ich mich schämen!« zürnte Nannei.

Korbini lachte und zog aus der Joppentasche eine kleine Pfeife, die er aus einem Katzenbalg mit Tabak zu füllen begann.

»Geh weiter, Scheckin, was bleibst denn allweil stehn!« rief Nannei, während sie einer braun und weiß gefleckten Kuh die Hand auf den breiten Rücken klatschte.

»Du«, sagte Korbini. »Die tut ja ganz verliebt zu dir. Allbot schaut s' um, ob d' noch da bist.«

»Ja, die hängt an mir. Schon im letzten Sommer hab' ich s' kein' Schritt von meiner Seiten bracht. Da ist mit der Sennerin allweil d' Eifersucht gwesen. Und wie ich heuer selber Sennerin worden bin, hab ich meim Almbauer so lang zugesetzt, bis er mir s' mitgeben hat, d' Scheckin.«

»Treibst auf d' Griesalm? Und in vierzehn Tag am Trischübl?«

»Ja.«

»Kriegst nacher spaternaus Schaf auf d' Alm auffi?«

»Na! Grad dös einzig Lamperl hab ich mit.«

Korbini betrachtete das Dschapei mit wägendem Blick. »Is der alte Krackler dahint dein Hüter?«

»Na, ich bin ganz allein auf der Alm.«

»So so?« Korbini maß die Gestalt des Mädels. »Bist jung und wirst a bißl hart zrecht kommen da droben. Was meinst, wann ich dich diemal bsuchen tät und tät dir helfen – melchen und kaasen?«

»Brauchst dich net strapazieren wegen meiner.«

»Deine stolzen Reden nach möcht man schier glauben, du wärst dem Bauer da vorn sei' Tochter – wann gleich kein Federl am Hut hast.«

»Es kann net jeder Mensch so hochgeboren sein wie du. Es muß arme Leute auch geben. Sonst hätten die reichen Bauern kein', der ihnen d' Stiefel schmiert.«

»Ja, ja! Aber einipassen tatst gut in an Bauernhof, du mit deim süßen Gsichtl! Halt dich an mich! Mein Weib kriegt's amal schön bei mir. So a Hof! Und so a Vieh! Und was erst an mir kriegst! Dös kannst dir gar net denken, du Schneckerl, du liebs!«

Der Unwille über diese Worte machte Nannei bis in den Hals erröten. »Viel halten mußt net von dir. Sonst tatst net am Kuhweg mit dir hausieren. Für deine dalketen Gspaß, da kannst dir an andre aussuchen! Du kecker Mensch du!«

Korbini lachte. »Warum bist so sauer? Da muß man ja keck werden. Ich mein' allweil, daß mir im heurigen Sommer d' Steiner am Trischübl mehr als a Paar Schuh verschleifen.«

»War schad drum! Und schad um a jeds Stündl, dös versäumst dabei, für nix und wieder nix!«

»Für nix? Meinst? Wirst schon noch anders denken, wann mich amal von der richtigen Seiten kennst. Glegenheit zum Bekanntschaftmachen will ich dir oft gnug geben. Ich bin allweil auf die Füß, allweil am Berg umanand. Mein Vater will's net begreifen, daß a gwachsener Mensch ebbes braucht und sein Vergnügen haben möcht. Wann's dem Vater nachging, kunnt ich mir am Sonntag 's Wirtshaus von weitem anschauen. Drum such ich mir unter der Woch a bißl ebbes zamm für'n Sonntag. Ich kenn mich aus in die Berg.«

»Machst an Führer?«

»Ah na! Dös passet mir grad, daß ich mich mit dene notigen Stadtleut abgeben müßt! In der Ramsau rauchen die Bauern und

Burschen gern an guten Tabak. Wer den bei uns drent in Saalfeld kauft und da herent verhandelt, der macht an guten Schnitt. Und springt mir a Gamsl übern Weg, so nimm ich's mit. Schlau muß man halt sein und Kurasch haben! Kurasch wie der Tuifi! Und da kann ich aufwarten!«

Nannei wich so weit von seiner Seite, als es die Breite des Weges gestattete. »Du bist der Richtige! Brav!«

Korbini lachte. »Wann grad für dein Hütl an Gamsbart haben möchst, da darfst mir bloß a guts Wörtl geben und a Busserl als Zuwaag – du! Dich kunnt man ja fressen!« An Nannei dicht herantretend, kniff er sie mit seinen braunen Fingern in die blühende Wange.

»Laß mir mei' Ruh!« Nannei wollte schon den Almbauer anrufen, als der Bursch plötzlich von ihr abließ, lauschend stehen blieb und die funkelnden Augen nach einem dichten Gebüsch richtete, an dem sie vorübergewandert waren. Er bückte sich und spähte durch das Laubwerk. Kopfschüttelnd richtete er sich wieder auf und folgte dem Mädel. »Hab gmeint, ich hätt ebbes ghört. Wird wohl a Reh gwesen sein. Gibt ja gnug im Wimbachtal.«

Korbinis Gebaren hatte auch die Aufmerksamkeit des Dschapei auf jenes Gebüsch gelenkt. Während der Bursch und das Mädel hinter einer Biegung des Weges verschwanden, stand es noch immer und musterte die Kräuter des Wegrains. Nun gewahrte es ein Büschl Gemskresse und begann davon zu äsen, wobei das Glöckl an seinem Hals bimmelte. Da raschelte das Laub im Dickicht. Das Dschapei schrak zusammen und machte einen Seitensprung. Vor ihm, die hohen Kräuter kaum überragend, stand ein braun gefleckter Teckel, der das Dschapei ernst betrachtete und ein gedämpftes Knurren vernehmen ließ.

»Bella!« klang aus dem Gebüsch eine halblaute Stimme.

Hurtig wandte der Teckel den spitzen Kopf und blickte schweifwedelnd zu dem jungen Jäger auf, der sich durch die dichten Zweige einen Weg ins Freie bahnte.

Sein Erscheinen schien dem Dschapei Vertrauen einzuflößen. Es trippelte neugierig ein paar Schritte näher und kaute an den Gräsern, die es noch im Maule hielt.

Das war auch eine vertrauenerweckende Erscheinung: die schlanke Gestalt des jungen Jägers, der kaum das zwanzigste Jahr überschritten haben konnte. Seine kurze Lederhose war verwittert, und die graue Joppe zeigte sich an vielen Stellen mit geringer Kunst, doch mit reichlichem Aufwand von schwarzem Zwirn geflickt und gestopft. Um die Schultern hingen ihm die spiegelblanke Büchse und das Fernrohr in einem abgegriffenen Lederfutteral. Das gebräunte Gesicht hatte feine Züge und wurde durch die drei lichten Pockennarben auf der rechten Wange nicht verunziert. Über der Oberlippe deutete ein weißer Schimmer den werdenden Schnurrbart an, und zwischen hellglänzenden Wimpern schauten zwei klare, wasserblaue Augen ernst in die Welt.

Während der Jäger einen forschenden Blick über den Weg hinausgleiten ließ, schob er über dem leicht gekräuselten Blondhaar den von den Zweigen verrückten Hut zurecht, über dessen Rand ein Gemsbart nickte, dem Sonne und Regen den schwarzen Glanz in ein fahles Braun verwandelt hatten.

Nun kehrte sein Blick zurück und blieb am Dschapei haften. Als er sich dem Tier mit leisem Locklaut näherte, glaubte auch der Teckel zur Eröffnung einer Freundschaft in seiner Art ermächtigt zu sein und tollte mit spielenden Sprüngen auf das Dschapei zu. Das hatte bei früheren Hundebekanntschaften böse Erfahrungen gemacht, mißverstand die freundliche Absicht und suchte unter ängstlichem Schmälen das Weite. Verblüfft sah ihm der Teckel nach, und als es um die Wegecke verschwand, wandte er wie zu stummer Frage den Kopf nach seinem Herrn.

Der Jäger achtete des Hundes nicht: Er blickte dem tieferen Wege zu, über den der sauerduftende Wofei ächzend den Almkarren heraufreppelte. »Grüß Gott!«

Dieser Gruß war für Wofei genügende Veranlassung, die Karrendeichsel sinken zu lassen und seine Schnapsflasche aus der Joppe zu ziehen.

»Geht's nach der Griesalm?«

Wofei nickte, bohrte den Flaschenmund durch eine Lücke des struppigen Bartes und ließ nach glucksendem Zug die dürre Hand wieder sinken.

»Wer is denn dös junge Madel da vorn?«

»D' Sennerin.«

»Dös hätt ich mir selber denken können.«

»Warum fragst nacher?« knurrte Wofei. »Gfallt's dir, gelt?« Ein blödes, wieherndes Gelächter. »Gfallt mir auch! Aber d' Weiberleut mag ich net leiden. Pfui Teifi! Es is nix dran. Gsagt hab ich's ihr. Sie hat's ihm verraten, weißt. Mit dem is kein guts Essen net! Na! Mit dem net!«

»Meinst leicht den Burschen, der da vorn mit ihr geht?« »Bursch? Was Bursch? Nix Bursch! Das is aus und gar! Hast ebbes gsagt? Ah so? Na, na! Ich weiß nix. Kenn ich net, kenn ich net! Da gibt's nix. Wer kann so ebbes sagen? Bin ich a Stein? Kennst an Stein? Keiner bleibt, keiner! Alle müssen abi. Alle, alle, alle!« Wofei reckte den mageren Hals aus den Schultern und lauschte gegen die Erde.

»Nobel! Du hast ja in aller Früh schon z'viel!«

»Jesus, Mar und Joseph!« stöhnte Wofei. Jäh hob er den Kopf und starrte mit rollenden Augen um sich her, bis sein wirrer Blick an dem Jäger haften blieb.

»Was hast denn, Alter?«

»Nix hab ich, nix, nix! Jesses, Jesses, Jesses!« Wofei tastete nach der Karrendeichsel und schleppte keuchend das ächzende Gefährt über den rauhen Weg.

Kopfschüttelnd sah ihm der Jäger nach, bis die Büsche den Alten verdeckten. Dann winkte er den Teckel hinter seine Füße, verließ den Weg, übersprang den rauschenden Bach und schritt durch das schmale Tal dem lichten Waldgelände zu, das sich in leichter Hebung hinanzieht bis zum Fuß der steilen Stanglahner-Wände. Im Schatten einer Fichte ließ der Jäger sich nieder. Von hier aus konnte er das Tal übersehen bis zu jener Stelle, wo der Almweg hinwegführt über das von den gewaltigen Schneewasserstürzen des Frühjahrs breit angeschwemmte Kiesgeröll.

Achtsam lehnte er die Büchse an den Baum und richtete sein Fernrohr nach jener offenen Wegstelle, welche die Almfahrenden passieren mußten.

Nun kamen sie: zuerst der Bauer mit dem weißen Spitz, dann die Kühe, einzeln und paarweise.

Der Jäger konnte das Glas nicht ruhig halten; seine Hände zitterten. Er mußte die Schulter an den Baumstamm lehnen und die Knie aufziehen, um die Ellbogen drauf zu stützen. Nun ging es mit dem Halten. Ein leiser Zornruf klang von den Lippen des Jägers. Er gewahrte durch das Glas, wie der Bursch da drüben den Arm der jungen Sennin faßte, wie er sein Gesicht ihrer Wange näherte und wie das Mädel mit beiden Fäusten den Frechen von ihrer Seite stieß.

»Wart, Halunk!« murmelte der Jäger und ließ das Fernrohr sinken. »Wir zwei wachsen noch zamm!« Regungslos über das weite sonnige Tal hinwegspähend, sprach er flüsternd vor sich hin: »So a Jungs Madl!«

Da ließ sich aus den Lüften ein sausender Flügelschlag vernehmen, und ein mächtiger Schatten huschte über den Moosgrund.

Wohl hatte der Jäger blitzschnell die Büchse zum Schuß gehoben – und doch zu spät. Als sein Auge den Vogel erspähte, war der Adler schon aus dem Bereich der Kugel und schwebte durch die Länge des Tales, kleiner und kleiner werdend, bis er in weiter Ferne hinter dem wild zerrissenen Grat der Palfenhörner als ein winziger Punkt dem Auge des Jägers entschwand.

4

Für das Dschapei kamen gute Zeiten. Wenigstens hätte man das nach dem friedlichen Verlauf der zwei ersten Wochen seines Almaufenthaltes glauben mögen.

Rings um die Griesalmhütte lag das herrlichste Weideland, und da hatte das Dschapei vom Morgen bis zum Abend keine andere Mühe, als die saftigen Kräutchen zwischen dem zähen Berggras herauszuknabbern und dann den Schatten eines Latschenbusches aufzusuchen.

Sank die Sonne und kam die Nacht über den Watzmann hergezogen, so trollte das Dschapei der Hütte zu und suchte in der Almstube seine Liegestatt zu Füßen von Nanneis Kreister.

Seiner jungen Herrin war es in der ersten Zeit wohl schwer geworden, mit der vielen Arbeit zurecht zu kommen. Das Eintreiben der vierzehn Kühe kostete Zeit und Atem. Doch lernten die Tiere bald ihre Stimme kennen, und als Nannei merkte, daß sich die Scheckin niemals weit von der Hütte zu entfernen pflegte, nahm sie der braunen Leitkuh die große Glocke ab und hängte sie der Scheckin um den fetten Hals. Nun brauchte sie vor Einbruch der Dämmerung nicht mehr hinauszulaufen in das Gries, nicht mehr emporzuklimmen in die wirren Latschenfelder. Sie trat nur vor die Hütte, trommelte die Holzschuhe gegeneinander und rief mit schallender Stimme in die abendliche Luft hinaus: »Hoi, hoi! Küh da! Hoi, Hoi!« Schon immer bei ihrem ersten Ruf erklang die Glocke der Scheckin, das Geläut der anderen Schellen mischte sich dazu, näher und näher, bis alle vierzehn Tiere brüllend und eifersüchtig die junge Sennerin umdrängten.

Freilich verschlimmerte sich die Sache wieder auf kurze Zeit, als Nannei in den ersten Tagen des Juli den Umzug nach dem eine Wegstunde höher gelegenen Trischübl vollführte, nach jenem kleinen Almtal, das eingesenkt liegt zwischen der Hundstodgruppe und dem Tabakmanndl, einem kahlfelsigen Vorberg des großen Watzmann.

Gleich an dem Morgen, der dem Umzug folgte, pilgerte Nannei in Begleitung ihres Dschapei über die grobsteinigen, von dichtem

Latschengestrüpp überwucherten Rauhenköpfe nach jener Schlucht, aus der die Sigerethwand emporsteigt zu steiler und gewaltiger Höhe.

Als Nannei die Schlucht betrat, vernahm sie ein Sausen und Prasseln von stürzenden Steinen; da droben mußte wohl eine Gemse flüchtig geworden sein.

Eine Weile blickte Nannei mit feuchten Augen an den Felsen empor. Dann schritt sie über die Breite der Schlucht und kniete nieder auf das rauhe Geröll. Den Kopf an die kalte Steinwand lehnend, faltete sie die Hände zu einem Gebet für die arme Seele ihres Vaters, der an dieser Stelle sein Leben hatte lassen müssen.

Inzwischen kletterte das Dschapei über die brüchigen Felsen empor und zupfte von den Grasbüscheln, die über die Wand vorspränge herunterhingen.

Wer kann es wissen – vielleicht hatte das Blut des Gestürzten den mageren Wasen gedüngt, dem jene Gräser entsproßten.

Als Nannei sich erhob, das Gesicht und die Brust bekreuzigend, fühlte sie sich leichter im Herzen, das ihr auf dem Herwege schwer und traurig gewesen war.

Die Tage vergingen, einer fast wie der andere.

Kam die Feierstunde und war nicht schlechtes Wetter, so setzte sich Nannei auf die kleine Holzbank neben der Hüttentür und flickte ihr Gewand; oder sie schäkerte in kindlichem Frohsinn mit dem Dschapei; oder sie lehnte, die Hände hinter dem Nacken verschlungen, den Kopf an die verwitterte Hüttenwand und blickte empor zum felsumgrenzten Himmel, an dem das Blau erstickte und die Sterne erglühten. Da kam der Abendwind gezogen, strich summend über die Steine und flatterte geheimnisvoll durch die Zweige der Krüppelföhren; da klang von den ragenden Wänden ein rätselhaftes Brummen, ein gedämpftes Knattern, wohl auch der schrille Pfiff einer Gemse; da tönte ferneher der späte Ruf eines Spechtes, leise in der Ferne wieder verschwebend – – und da erwachte in Nanneis Brust ein seltsames Bangen, und in ihrem Herzen erwuchs die Sehnsucht nach menschlicher Gemeinschaft.

Meist verschlief sie in der Nacht eine solche Stimmung wieder; manchmal blieb das aber auch am Tage noch – und Nannei empfand es als Beruhigung, wenigstens einen Menschen in ihrer Nähe zu wissen, wenngleich er sich kein Bröselchen um sie bekümmerte.

Etwa fünfhundert Gänge von ihrer Hütte stand auf einem höher gelegenen Hügel das aus Balken gefügte Jägerhäuschen, in dem ein alter, mürrischer Jagdgehilfe stationierte, der abwechselnd von Zipperlein und Hexenschuß geplagt wurde und täglich seine Pensionierung erwartete, um die er längst schon nachgesucht hatte.

In den vierzehn Tagen, seit Nannei auf dem Trischübl war, hatte sie von dem unfreundlichen Alten kaum einen Gruß erhalten, geschweige denn, daß er einmal in ihrer Hütte zugesprochen hätte. Drum war es ihr wunderlich, als sie eines Mittags schwere Tritte gegen ihre Schwelle poltern hörte. Was mochte der Alte wollen? Und das mußte er sein – wer sonst hätte kommen können?

»Jetzt paß auf, Dschapei«, rief sie ihrem Liebling zu, »jetzt kriegen wir an seltenen Bsuch.«

»So? Hat's dich verdrossen, Madl, daß ich net schon lang amal kommen bin?« klang eine lachende Stimme.

Nannei erschrak und wandte das Gesicht der Türe zu.

Korbini stand vor ihr. »No also, grüß Gott! Wie geht's dir denn all weil auf der Alm?«

»Bis heut bin ich zfrieden gwesen!« erwiderte Nannei, die dargereichte Hand übersehend.

»Uijegerl! Du bist ja leicht daheroben noch stolzer worden?« spottete Korbini und ging auf die Herdbank zu. Um Platz zu machen, puffte er mit dem Knie das Dschapei beiseite.

Das machte ein paar erschrockene Sprünge, sah den Burschen an, schüttelte die Ohren und hüpfte mit klunkerndem Schweif zur Tür hinaus.

Wie war es draußen so schön, in der warmen, lachenden Sonne! Lauschend blickte das Dschapei umher, und als es vom Rauhenkopf die Glocke der Scheckin hörte, sprang es dem Steige zu, der in vielen Windungen da hinaufführte über die klotzigen Felsen. Äsend verließ es den Weg, zwängte sich durch dichte Stauden, sprang über eine schmale Steinkluft und fand sich vor dem Absturz des Rotleitengrabens. Als es verwundert hinunteräugte in das tiefliegende Griestal, sah es auf dem Pfad, der von da unten zum Trischübl emporführt, einen Menschen kommen, dessen Gewand und Mütze von der Farbe der dunkelgrünen Latschenbüsche waren. Weiße Metallknöpfe blitzten auf seiner Brust, und über der Schulter hatte er eine Büchse hängen gleich einem Jäger.

Lange konnte diese Erscheinung Dschapeis Interesse nicht in Anspruch nehmen. Schafe haben keinen ausgeprägten Sinn für staatliche Einrichtungen, für Zollwesen und Grenzschutz. So trollte das Dschapei am Rande des Abgrundes hin, hüpfte seitwärts über die moosbewachsenen Steine und immer so fort, bis sich der Felsgrund vor ihm in eine Mulde von der Gestalt eines riesigen Kessels senkte. Das war die Hundstodgrube. So weit hatte sich das Dschapei bei seinen Äsungsgängen noch nie gewagt. Nun stand es und studierte. Zu seiner Rechten spannte sich in weitem Bogen das rotsteinige Leitengeschröff um den Kessel; zur Linken baute sich, gegen Norden die Sigerethwände bildend, in massigen Formen der Gejaidberg empor, auf dessen Höhe in den Freinächten der wilde Jäger mit seinem johlenden Trosse stundenlange Rast zu halten pflegt. Vor hundert Jahren einmal, da hatte ein Hochlandschütze das Wagestück unternommen, in solch einer Nacht den Gejaidberg zu besteigen. Er ist nie wieder zum Vorschein gekommen; seinen Schweißhund fanden die Leute des anderen Tags tot auf dem Gipfel der Felsgruppe liegen, die sich zwischen dem Gejaidberg und der Rotleiten, dicht vor dem steilen Schneiber erhebt und die nun den Namen Hundstod führt.

Noch immer stand das Dschapei und guckte. Da vernahm es über sich ein seltsames Rauschen. Es hob den Kopf und sah ein dunkles, großes Etwas in den Lüften kreisen.

Was war das?

Das Dschapei wußte es nicht. Seine ornithologischen Schulkenntnisse waren bescheiden und beschränkten sich auf die Bekanntschaft mit Hennen, Tauben, Enten und Gänsen. Anschauungsunterricht vor dem Raubvogelkäfig eines großstädtischen Tiergartens hatte es nie genossen, und im Baslerhäuschen zu Berchtesgaden fliegen die Steinadler nicht aus und ein. Was da so schwarz und herrlich über der Hundstodgrube in den Lüften schwebte, war für das Dschapei eine Lebensneuigkeit, die ihm noch niemals eine böse Erfahrung beschert hatte. Doch unter den klugen Schafen scheint es auch ungebrannte Kinder zu geben, die das Feuer scheuen. Das Dschapei wurde beim Anblick dieser neuen Sache von einer so grauenvollen Furcht befallen, daß ihm die Haut zu schaudern und die Füße zu zittern begannen. Nur eine kurze Weile dauerte diese Erstarrung, dann sprang das Dschapei mit jähem Satz empor und stürmte in rasender Flucht den Hang hinunter. Drunten sah es ein großes Latschengebüsch, dem es in jagendem Lauf entgegensteuerte. Schon stieß es mit der Schnauze an die schutzbietenden Zweige. Da vernahm es dicht hinter sich ein fauchendes Sausen, fühlte auf seinem Rücken einen heftigen Schlag, fühlte einen brennenden Riß und flog, vom Schwung des Laufes vorwärtsgetrieben, kopfüber in die Latschen, deren wirres Geäst ihm die Wolle in dicken Flocken vom Leibe riß. Wie es lag, so blieb es liegen, regungslos, mit gläsernen Augen, mit hängender Zunge und fiebernden Flanken. Und während der Räuber sich um seine Beute betrogen sah, mit rauschendem Gefieder durch die Luft entschwebte, sickerte dem wunden Tiere das warme Blut durch die rotwerdende Wolle.

So verharrte das Dschapei geraume Zeit, bis es den Mut und die Kraft fand, sich aus dem Busch herauszuwinden. In schmerzender Mühe zog es den Rücken auf und suchte mit der Zunge die wunde Stelle zu erreichen. Dann schlich es der heimwärtsführenden Höhe zu, ängstlich immer emporspähend in die Lüfte und ab und zu sein Fell beleckend, von dem die Blutstropfen niederfielen auf die Steine.

Nun kam es auf einen betretenen Pfad, der am Rand einer Schlucht dahinführte. Es war der Weg, auf welchem Nannei vor vierzehn Tagen die Sigerethwand besucht hatte. Das Dschapei schien den Steig zu erkennen. Es schlug eine raschere Gangart an.

Da klirrten genagelte Schuhe. An der Biegung des Pfades erschien Korbini, den Bergstock in den Händen. Als er das Dschapei gewahrte, stutzte er. Und lachte: »Du kommst mir grad recht! Dö soll sich ärgern heut, dö hochmütige Rotznas!«

Wie damals vor dem Futterstadl im Wimbachtal, griff er auch jetzt in die Joppentasche. Mit der Zunge schnalzend, bot er dem Dschapei eine Handvoll Salz.

Dachte das Tier an den Puff, den es vor einer Stunde von Korbini erhalten hatte? Oder war ihm von der zoologischen Lehrstunde in der Hundstodgrube ein entschuldbares Mißtrauen verblieben? Statt der lockenden Hand des Burschen entgegenzutrippeln, wich es scheu zurück, um so scheuer, je mehr Korbini ihm folgte.

Der Bursch verlor die Geduld. »Wart, dich will ich gleich zahm haben!« Er warf das Salz über den Weg hinaus, faßte den Bergstock mit beiden Händen und hob ihn zum Schlage.

Wohl sprang das Dschapei, das an den Besenstiel der Baslerin dachte, so flink auf die Seite, daß ihm der niedersausende Stock nur die Wolle streifte; aber es verlor bei dem Sprung mit dem einen Hinterfuß den Boden. Das Erdreich bröckelte unter ihm weg, und als Korbini sprang, um das Tier zu fassen, glitt es schon hinunter über den Felsrand und stürzte der Tiefe zu. Prasselnd schlug es in einen Latschenbusch, der in halber Wandhöhe seine knorrigen Äste aus einer Steinschrunde reckte. Und weil ihm auch die physikalischen Gesetze des Falles und der Schwere aller irdischen Körper eine ungeläufige Sache waren, zappelte und rappelte das erschrockene Tier mit den Füßen, bis es zwischen den nachgebenden Zweigen hindurchrutschte. Wieder fühlte es sich aufgefangen und baumelte in der Luft, mit dem Glockenriemen an einem Storren hängend, am Halse geschnürt und gedrosselt. Nun riß der Riemen, und das Dschapei plumpste auf die Steine des tiefen Schluchtengrundes.

Eine Weile war Stille. Dann klang von droben eine lachende Stimme: »Schaf dummes! Da hast es jetzt!« Ein Schritt, der sich flink entfernte.

Nun wieder Stille; nichts rührte sich in der Runde; nur die Zweige des Latschenbusches schwankten noch ein bißchen, und seine dicken Nadeln zitterten.

Drunten im Dämmerschein des schmalen Schachtes lag das Dschapei regungslos auf dem blutbeträufelten Geröll; seine Augen waren geschlossen; zwischen den geöffneten Zähnen hing ihm die zerbissene Zunge hervor. Eine lange Zeit verstrich. Dann schlug es die Lider auf, und ein heftiges Zittern rann über seine Glieder. Es suchte den Kopf zu erheben und ließ ihn kraftlos wieder auf die Steine fallen.

Stunde um Stunde verging; schon begannen die Schatten sich zu dehnen, und langsam erblaßte das Himmelsblau.

Irgendwo das Geläut der Almglocken; kaum war es hörbar geworden, verhallte es hinter den talwärts gestuften Felsen.

Auch in die Tiefe des Schachtes waren diese Töne gedrungen. Lauschend hielt das Dschapei den Kopf erhoben. Als das Geläut verstummte, warf das gequälte Tier mit Röcheln und Ächzen den Hals umher, reckte die schmerzenden Glieder und suchte mit verzweifelter Kraft sich aufzurichten. Es gelang ihm, den Rücken zu erheben. Die Vorderfüße versagten den Dienst. Stumm sank das Dschapei auf die Steine.

Dunkler und dunkler wurden die Lüfte; die Nacht kam leise gezogen und deckte ihren taukühlen Mantel über das leidende Tier.

Ein Wiesel durchhuschte in der Finsternis die Schlucht und sprang vor dem Dschapei erschrocken auf die Seite. Aus irgendeinem Felsenloch flatterte ein Nachtvogel hervor und strich mit wimmerndem Ruf dem Tale zu. An den umliegenden Wänden rollten und polterten die fallenden Steinsplitter; ab und zu, bald ferner, bald näher, klang das kurze, heisere Bellen eines beutesuchenden Fuchses.

Die Nacht in den Bergen ist seltsam belebt. Stille wird es erst da droben, wenn der Glanz der Sterne zu schwinden beginnt, wenn die Nachttiere schon wieder in ihren Schlupfen liegen und die Tiere des Tages im Schlaf noch die Augen geschlossen halten.

Grau färbte sich der Himmel. Zwischen den Kuppen der östlichen Berge erwachten die ersten zarten Lichter; sie zogen höher und höher, wurden voller und leuchtender, und bald erglühten alle Spitzen und Felsenhörner im roten Frühglanz des erstandenen Tages.

Horch! Was war das? Der Schrei einer Mädchenstimme? Eine Weile war Schweigen. Dann wieder klang, schon näher, der langgezogene Ruf der jungen Sennin: »Dschaaaaaapei!«

Das Tier vernahm seinen Namen und erkannte die Stimme. Es wollte den Kopf erheben. Das gelang ihm nicht; nur den einen Ohrlappen konnte es rühren, während es mit mattem Schlag den dick-wolligen Schweif gegen die Steine klopfte.

»Dschaaaaaapei!« klang Nanneis Stimme ganz in der Nähe.

Droben auf dem Steig ein Schritt. Das konnte die Nannei nicht sein. Es war ein fester, kräftiger Männerschritt. Jetzt kamen auch Tritte von der andern Seite her, leichte, flüchtige Tritte.

»Grüß Gott, Sennerin!« hörte das Dschapei da droben eine freundliche, doch ihm fremd klingende Stimme sagen.

»Grüß Gott auch!«

Ja, das – das war die Nannei!

»Sennerin, suchst ebbes?«

»O mein Gott, ja! Mein Dschapei geht mir ab, mein Lamperl, so a liebs Viecherl. Mei' ganze Freud hab ich dran ghabt. Und jetzt kann ich's nimmer finden. Am End haben sie's mir gar gstohlen, so schlechte Menschen! Und dös Lampl is alles gwesen, was ich ghabt hab! Jetzt hab ich gar nix mehr.«

»Aber Madl! Geh, was weinst denn! Schau, dös Lampl hat sich halt verloffen. Oder es ist wo einigstiegen und traut sich nimmer aussi. Da mußt net weinen. Dös wird sich schon wieder finden las-sen! Wann nix dagegen hast, hilf ich dir suchen. Magst?«

»Ja! Bist a guter Mensch, du! Wer bist denn?«

»Jagdgehilf in der Ramsau bin ich, und gestern auf d' Nacht bin ich da auffikommen am Trischübl. Weißt, der alte Ghilf – – Höi? Bella? Was hast denn? Sei doch zfrieden! – – Ja, weißt, der alte Ghilf is pansaniert worden. Drum hab ich sein' Bezirk übernommen. Ges-tern am Abend hab ich schon zugsprochen in deiner Hütten, bist aber net daheim gwesen.«

»No ja, wie's so spät am Nachmittag zugangen is und ich hab mein Dschapei nimmer gsehen, da hab ich gleich 's Suchen angfangt und hab gsucht bis in d' Nacht eini. Gfunden hab ich's aber net. Ich hab gmeint, ich muß mir d' Augen aussirören aus'm Kopf. So gern hab ich dös Viecherl ghabt!«

»Komm, jetzt suchen wir mitanander! Wo hast denn schon – – Aber Bella! So hör amal auf! Da gibt's nix für dei' Nasen, du Schnuflerin du!«

»A nettes Hundl!«

»Ja, aber grad so viel hitzig tut's allweil!«

»Geh, Bella, komm, geh her a bißl zu mir!«

»Jetzt da schau! Sonst geht's zu keim Menschen, und mit dir macht's gleich Bekanntschaft. Aber jetzt komm, jetzt suchen wir dein Dschapei. Wie heißt denn, Madl?«

»Nannei.«

»Nannei? So hat mein Mutter gheißen.«

»Hat s' gheißen? Lebt s' nimmer?«

»Na! Im letzten Frühjahr hat s' sterben müssen, unser Herrgott hab s' selig.«

»In Ewigkeit Amen! Und wie heißt denn nacher du?«

»Hindammer Festei.« –

»Festei? Dös is a seltener Nam!«

»Jetzt schau nur grad, was mei' Bella hat! Die zieht wie auf der Schweißfährten! No, so lauf halt a bißl zu! Wirst es gleich sehen, daß nix da is! – Also, Nannei, wo hast denn schon überall gsucht?«

»Gestern am Abend –«

»Ja, was is denn? Da schau! Da is Schweiß! Bella! Herrrrrrein! Bella, Bella! So is schön, Bellele, sooooo! Da such, schön such, Bellele, schön such! Was hast denn? Was schaust denn in d' Luft abi? Da drunt is nix –«

Das Dschapei, das nur unter schmerzender Mühe das eine Auge nach der Höhe richten konnte, sah am Rande der Schlucht ein Gesicht erscheinen und wieder verschwinden.

»Jesses! Nannei! Da drunt liegt dein Lampl!«

»Heilige Muttergottes!« klang Nanneis Stimme, und ihr Gesicht neigte sich über den Felsrand. »Dschapei, mein arms Viecherl! Dschapei! Dschapei! Lebst denn noch?« Ein Auflachen unter

Schluchzen, und Nanneis Kopf verschwand. »Festei! Es lebt noch! Es hat sich gerührt!«

Die Stimmen verklangen unter enteilenden Schritten und wurden nach einer Weile wieder vernehmbar, von einer tiefer gelegenen Stelle her, an der ein Abstieg leichter zu bewirken war.

»Bella, komm, du darfst voraus!«

Mit ungeduldigem Winseln hüpfte der Teckel über die Steinabsätze herunter, eilte in flinken Sprüngen auf das Dschapei zu, stutzte, beäugte das Tier mit witternd vorgestreckter Nase und fing zu bellen an. Nun umkreiste er ein paarmal das Lamm, näherte sich langsam dem Kopf des Dschapei und beleckte ihm schüchtern den Backen und die Kehle.

Inzwischen war Festei dem Mädl beim Niederstieg behilflich gewesen; er hatte, um sich die Mühe zu erleichtern, Büchse und Bergstock am Rande der Schlucht zurückgelassen.

»Mar' und Joseph! Dschapei! Was hast denn gmacht? Was hast mir denn angstellt?«' rief Nannei, die sich niederließ auf das Geröll; achtsam hob sie mit beiden Händen den Kopf des Lammes in ihren Schoß.

Festei kniete an ihrer Seite und untersuchte die Glieder des gestürzten Tieres. Die Wunde am Rücken erkannte er als den Fangriß eines Adlers; darauf gründete er die Vermutung, als wäre das Dschapei von dem gefiederten Räuber heruntergestoßen worden oder selbst in die Tiefe gestürzt, sei es in unbedachter Flucht, sei es in einem Taumel, der das Tier bei dem starken Blutverlust überkam.

Als Festei die Füße des Lammes musterte, nahm sein Gesicht eine kummervolle Miene an. »Madl«, sagte er zögernd, »da schaut's schlecht aus! Dös bißl am Buckel machet nix. Aber d' Fuß halt, d' Fuß! Der eine is völlig brochen, grad oberm Knie, den ganzen Huf hat's versprengt, und am andern Fuß is d' Schulter ausprellt! Madl, da wird nimmer viel z'helfen sein! Da wird wohl nix anders übrigbleiben, als –« Er brachte das Wort, das er sagen wollte, nicht über die Lippen, als er die Tränen sah, die über Nanneis Wangen rollten.

»Mei' ganz Freud is dös gwesen!«

»Probieren wir's!« sagte Festei nach einer Weile. »Probieren kost ja nix. Probieren wir's halt!«

»Ja! Ja!«

»Komm! Steh auf! Ich nimm 's Lampl und trag's in d' Hütten.«

Festei hob das Lamm, das alles willig mit sich geschehen ließ, auf seine Arme. Als er dem Aufstieg entgegenschritt, ging das Mädel voraus, während der Teckel bellend an seinem Herrn hinaufsprang.

»Steig nur zu, Nannei!« sagte Festei, weil sie vor den aufwärtsführenden Steinen haltmachte.

Nannei wurde brennend rot. »Steig du voraus!« bat sie schüchtern.

Auch über Festeis Wangen huschte eine heiße Röte. Schweigend ging er an dem Mädel vorüber, um über die steilen Felsstufen hinaufzuklimmen, achtsam seine Last bewahrend vor jedem Stoß.

5

Das war nun ein Hasten und Sorgen in Nanneis Hütte! Festei war, zur Jagdhütte hinaufgelaufen und hatte ein Schächtelchen mit Harzsalbe gebracht und ein Päckchen mürben Leinenzeuges, das er zum Gewehrputzen mit auf den Berg genommen. Unterdessen hatte Nannei ihrem verwundeten Liebling neben dem Herd auf weichem Heu ein Lager aufgeschüttet und ihre eigene Wolldecke drüber gebreitet. Auch hatte sie ein Feuer angeschürt und ein Geschirr mit Milch zugesetzt.

Die Kur begann.

Festei rieb dem Dschapei die Nüstern mit Enzian und flößte ihm einen Trunk Wasser ein. Dann kauerten sie beide, der Jäger und das Mädel, vor dem Patienten; und während Festei dem Lamm an den verletzten Stellen das Fell schor und die mit lauer Milch gereinigten Wunden vernähte und verpflasterte, mußte Nannei den gebrochenen Fuß, den zersprengten Huf und die geprellte Schulter mit kaltem Wasser behandeln, damit die Geschwulst zurückginge. Dann schnitt der Jäger ein Spanholzscheit zu dünnen Schindeln, die er mit einem Glasscherben glättete. Aus dem Lehmboden der Hütte stach er mit seinem Weidmesser zwei große Brocken heraus und verrührte den Lehm mit Wasser zu einem dicken Brei, in den er Heusplitter und Leinenfäden mischte. »So, Nannei, jetzt mußt du's Lamperl halten, derweil ich den Fuß einricht! Und tu dich net aufregen, gelt! Ich muß ihm a bißl weh tun, wann ich ihm helfen will.«

»Ich will mich schon zammnehmen, Festei!« beteuerte Nannei, während ihr die Augen tröpfelten.

»Hast es fest?«

»Ja, Festei, fest!«

»No also!« Der Jäger faßte mit der einen Hand die Schulter, mit der anderen das Kniegelenk des gebrochenen Fußes und fing zu ziehen an. »Soooooodala!« sagte er, als der Knochen in die Bruchstelle klappte, und munter nickte er dem Mädel zu.

Das Dschapei hatte sich tapfer gehalten; kaum daß es ein bißchen mit den unverletzten Füßen zappelte. Es schien zu begreifen, daß alles, was um sein Lager her vorging, zu seiner Heilung geschah! Ein drei Monate altes Exemplar der ›höher entwickelten‹ Rasse mit zwei Beinen hätte das nicht kapiert.

Nun wurde der eingerichtete Fuß geschindelt, mit dem Lehmbrei dick verstrichen und mit Leinwandstreifen umwunden. Dann kam die Reihe an den zersprengten Huf. Die Splitter wurden ausgelöst, die Wunde wurde gewaschen und verpflastert. Auch mit der ausgerenkten Schulter kam Festei zurecht. Er drückte und schob, bis das Gelenk sich wieder bewegen ließ. Ein Verband war hier nicht nötig, nur eine Fortsetzung der kalten Umschläge. Nach allem wurden dem Dschapei noch die Hinterfüße gefesselt, um es zu ruhigem Liegen zu zwingen.

»So, jetzt muß sich alles andere von selber machen!« sagte Festei und warf einen raschen Blick auf die plumpe, silberne Uhr, die er aus dem Hosengurt hervorzog. »Sapperlot, halb zehne schon! No also, paß auf, jetzt laßt du 's Lamperl a halbe Stund so liegen, damit's a bißl verschnaufen kann! Nacher gibst ihm a Milli, und wann's dö nimmt, gibst ihm auf Mittag wieder a bißl ebbes!«

»Ja, schon, aber – gehst denn jetzt fort?«

»Ich muß doch mein' Grenzgang machen. Im Dienst därf ich nix versäumen.«

»Um Gottes willen net! Dös möcht ich selber net haben! Aber a bißl ebbes essen mußt. Hast dich doch so viel plagt!«

»Es is net so arg und is gern gschehen. Aber bleiben kann ich nimmer – am Abend leicht, wann mich einladst. Und wann dem armen Viecherl wieder besser wird, dös sollt mich freuen. Pfüet dich Gott also!«

Schweigend reichte Nannei dem Jäger die Hand.

Er tauchte einen Blick in ihre Augen, wandte sich ab und verließ die Hütte.

Langsam trat Nannei unter die Tür und sah ihm nach, bis eine Senkung des Weges seine schlanke Gestalt verdeckte. Sinnend strich sie die Zaushärchen aus der Stirn und ging an ihre Arbeit. Und merkwürdig! Sie hatte bis zum Abend über Hals und Kopf zu tun, nachdem der halbe Vormittag versäumt war und ihr die Pflege des Dschapei auch noch manche Stunde wegnahm. Da hätte ihr die Zeit wie im Flug vergehen müssen. Dennoch wurde ihr der Tag so lang, wie ihr kein Tag noch auf den Bergen geworden war.

Als der Abend näher rückte, fühlte sie eine heiße Unruh. Sie meinte, das wäre die Angst, daß Festei sie schelten würde, weil sie irgend etwas in der Pflege des Dschapei versehen haben könnte. Während sie noch darüber nachsann, ob alles, was sie getan, mit Festeis Ratschlägen übereinstimmte, ließ sie plötzlich das blecherne Milchgefäß, das sie gespült hatte, unter leisem Schrei zu Boden fallen und sprang zur Hüttentür. Sie hatte einen Juhschrei gehört. Nun klang es wieder von der Höhe des Berges her, mit langgezogenem Diskantton verschwebend: »Juuuh – huhu – huhu!«

Nannei stemmte die Arme in die Hüften und schmetterte einen jauchzenden Jodler in die dämmernde Luft.

Mit flinken Sätzen kam der Teckel gesprungen, hüpfte bellend an Nanneis Schürze hinauf und gab nicht Ruhe, bevor nicht das Mädel sich zu ihm hinunterbeugte und liebkosend seinen Rücken streichelte.

»Du wirst mei' Bella noch schön verhätscheln!« sagte Festei, als er näherkam.

»Da kannst recht haben!« lachte Nannei. »Wie hat's dir denn gangen den ganzen Tag?«

»Gut! Und schau, da hab ich dir ebbes mitbracht, 's erste, das ich heuer gfunden hab.« Er nahm den Hut ab, löste aus der grünen Schnur ein kleines Edelweiß und bot es dem Mädel hin. »'s erste bringt Glück, sagen d' Leut.«

»Dös muß wahr sein, ich spür's in mir!« sagte Nannei, während sie die Blume sorgsam in ihr Mieder steckte. »Wo hast es denn brockt?«

»In der Sigerethwand.«

»Jesses!« Das Mädel erblaßte. »Is dir doch nix passiert?«

Er lachte. »Wie soll mir denn da was passieren?«

»In der Sigerethwand is mein Vater abgfallen, wie er beim Gamsjagen an Treiber gmacht hat.«

Festei fragte leise: »Dein Vater is der Basler-Muckei gwesen?«

Sie nickte.

»Ich hab schon öfters reden hören davon. Aber komm, jetzt müssen wir nach'm Dschapei schauen.« Er nickte befriedigt, als er vor dem Patienten kniete und alle Verbände genau untersuchte. »Gar net schlecht steht's, Madl! Dein Lampl macht sich wieder. Es wär auch kein Wunder bei so einer Pfleg. Da müßt a Maustoter wieder kreuzgsund werden!«

Nannei strahlte. »Jetzt setz dich aber nieder, Festei! Ich koch dir an Schmarren.« Sie stand schon am Herd, Pfanne und Löffel in Händen.

»Der wird mir aber schmecken!« lächelte der Jäger, während er Nannei bei ihren Hantierungen mit leuchtenden Augen verfolgte.

»Hast denn gar so an fürchtigen Hunger?«

»Natürlich, und was für ein'!«

Sie plauderten weiter, während Nannei rührte, schürte und kochte. Das Schmalz prasselte, und die Dampfwolken kräuselten sich vom offenen Herd hinauf zur berußten Stubendecke.

Festei erzählte von seinem Dienst. »Wann ich kein Jager net sein kunnt, möcht ich gleich lieber gar net auf der Welt sein! Es is net weg'm Schießen und Jagern. Aber wann so draußen bist in die Berg und du schaust so umanander und hörst bald a Tierl und bald a Vögerl – und nacher der Himmel und d' Wänd, und drunten die Bäum und 's Tal, wo d' Sonn reinscheint, daß die Bacherln blitzen – ich sag dir, da geht dir 's Herz ausanand, und du mußt Juh schreien, ob d' willst oder net!«

Dann kam er wieder auf die Jagd zu sprechen und erzählte schnurrige Geschichten, in denen die Klugheit seines Hundes eine große Rolle spielte. »Ja, schau nur her, du Kalfakter!« rief er dem Teckel zu, der mit dem Dschapei einträchtig das Lager teilte.

Nannei erzählte von ihrer Mutter, von ihrem Dschapei, von ihren Kühen und besonders von der Scheckin, die ›so viel gscheit is, ja gscheiter schier als der gscheiteste Mensch‹.

Der Schmarren war fertig. »So, Festei, jetzt iß, bis d' nimmer kannst!« Mit aufmerksamen Augen hing sie an dem Gesicht des Jägers, als er den ersten vollen Löffel zum Munde hob. Bedächtig wiegte er den Kopf. »Aaah! So an guten hab ich noch nie net gessen!«

»Greif nur fest zu!« lachte Nannei und faßte nun auch selber den Löffel.

Solange sie aßen, sprachen sie kein Wort. Wenn Nannei mit dem Löffel in die Pfanne fuhr, schob sie die besseren, röschen Bissen auf Festeis Seite hinüber. Der rührte dann wieder den Schmarren durcheinander, um das Beste in Nanneis Pfannenhälfte zu bringen. So kam es, daß schließlich beide satt waren, während das Leckerste noch in der Pfanne lag. Da konnte jetzt der Teckel seine Freude dran haben; er schlapperte den Schmarrenrest in sich hinein – das war nur so ein Hui!

Festei zog sein Pfeifchen hervor. Der Porzellankopf zeigte das Konterfei eines Hirsches, der freilich mehr einem gehörnten Nilpferd als dem schlankfüßigen König der Hochlandwälder glich. Nannei steckte, um die Stube zu erleuchten, eine an der Wand befestigte Kienfackel in Brand und machte sich über die Säuberung des Geschirres. Dazu erzählte sie wieder von der Angst, die sie am verwichenen Abend um ihr Dschapei ausgestanden hatte. »Gwiß, ich hab schon gmeint, es is mir gstohlen worden. Da is gestern einer dagwesen, so a Schlari aus Saalfelden. Kaum er da war, is a Grenzer kommen, der meine Küh hat aufschreiben wollen. Und da hat er sich druckt, der ander, als ob er kein gut's Gwissen net ghabt hätt. Weißt, sei' Joppen is aufm Bankl glegen; und wie er fort war, is der ganze Boden verstreut gwesen mit Salz. Dös muß ihm aus der Joppen gfallen sein. Und weswegen hätt er denn so viel Salz bei ihm, wann er net d' Schaf damit locken möcht.«

»Allweil hört man reden davon. Drüben am Fundensee sind seit acht Tag vier Schaf abgängig.«

»Dö arme Sennerin! Dö wird sich schön sorgen! Und am End hat's gar der da gstohlen, der schlechte Kerl da!«

»Kennst ihn leicht?«

»Ja und na! Ich hab ihn halt zweimal gsehen. 's erstmal hat er mich angsprochen, wie wir auftrieben haben.«

»Gelt, drunten im Wimbachtal beim Futterstadl?« unterbrach Festei. »So, so? Den meinst?«

»Woher weißt denn du dös?« fragte Nannei verwundert.

»Ich bin in die Stauden gstanden, und da bist mit ihm vorbeigangen an mir. Ich hab dich gleich wieder kennt.«

»Mich? Hast mich denn schon amal gsehen?«

»Im Frühjahr amal, da hab ich Botschaft ummitragen müssen zum Königsseer Oberförster, und wie ich da eini bin zur Haustür, bist grad aussikommen.«

»Du bist mir net aufgfallen.«

»Du mir schon! Und wie ich dich drunten im Wimbach gsehen hab – und den andern – da hab ich a schauderhafte Wut kriegt.«

»A Wut? Ja warum denn?«

»No – so a Kerl halt!«

»Gelt! Was dös für a kecker, unverschämter Mensch gwesen is.«

»Ja, gleich hab ich gmerkt, daß er dir zwider is. Dös hat mich gfreut.«

Wieder schien Nannei fragen zu wollen: ›Warum denn?‹ Sie tat es nicht, sondern schwieg und hatte eine brennrote Stirn. Scheu guckte sie zu dem Jäger auf, sah zwei blaue Augen den ihren entgegenleuchten – und die Blicke der beiden hielten sich gefesselt, wie zwei Hände sich verschlungen halten bei frohem Gruß. »Ich weiß net –«, sagte sie endlich, tief atmend, »daherin hat's a damische Hitz.«

»Dös hab ich mir lang schon denkt!« gab Festei kleinlaut zur Antwort. »Wart, ich mach a bißl auf!« Er öffnete die Hüttentür; die frische Nachtluft strich in die Stube und machte die Flamme der Kienfackel auflodern.

»Aaah, so a Lüftl, so a guts!« beteuerte Nannei.

Der Jäger saß wieder auf der Herdbank. »Is er heut auch wieder so keck gwesen? Der?«

»Ah na! Kaum is er a bißl gsessen, da hat er den Grenzer kommen sehen und hat sich verzogen. Aber er käm bald wieder, hat er gsagt.«

»So? Hat er gsagt? Dem will ich 's Wiederkommen verlegen! In meim Bezirk, wo ich d' Aufsicht hab, da gibt's keine Schaf zum stehlen.«

»Aber geh, was machst denn für Gschichten! Wirst doch mit dem net anbinden? Dös is a wilder Kerl.«

»Mir is er net z'wild.«

»Mar' und Joseph!« stammelte das Mädel. »Wann's da ebbes absetzen tat – ich kann mir's gar net ausdenken.«

In der Hütte blieb's eine Weile still. Nannei ließ sich neben dem Leidenslager des Dschapei auf einen Schemel nieder und kraulte dem Patienten die Ohren, was der Teckel eifersüchtig vermerkte. »Schau, was reden wir denn von so eim Menschen da! Geh, erzähl mir lieber von deiner Mutter! An was hat s' verschnaufen müssen?«

»Sie is halt gstorben, so nach und nach. Viel Prast und Kümmernis hat s' leiden müssen im Leben. Da is ihr 's Sterben fast a Wohltat gwesen. Mir is's hart ankommen. In der ersten Zeit hab ich schier net gmeint, daß ich's verwinden kunnt. Hast ja selber a Mutter, dö dich gern hat. So hat's halt auch für mich nix anders geben als d' Mutter. Und grad so war's bei ihr. Ich bin ihr Alles gwesen!«

»Dös kann ich mir denken!« nickte Nannei.

»Der Vater is net gwesen, wie er hätt sein sollen. D' Mutter hat ihn noch allweil g'lobt, aber d' Leut reden ungut, 's Wirtschaften, sagen s', hat er net verstanden, und wie's allweil abwärtsgangen is mit seiner Hauserei, hat er 's Trinken angfangt und hat allweil den Hader heimbracht vom Wirtshaus. Vor vier Wochen sind's sieben Jahr gwesen, da is er heim in der Nacht, hat a bißl z'viel ghabt, und wie er am Steg über d' Achen is, muß er neben aussi treten sein. Unser Herrgott hab ihn selig! Ich hab ihn gern ghabt!«

Von Nanneis Wangen fielen die Tränen auf ihre Schürze.

»Wann ich hundert Jahr alt werd – den Morgen vergiß ich nimmer, wo ihn d' Leut bracht haben, D' Mutter is gwesen, daß ich ihr kein Schrittl nimmer von der Seit hab gehn dürfen. Unser Anwesen hat sich nimmer halten lassen – vielleicht kennst es, drunten am Taubensee, man heißt's ›beim Bannholzer‹. Der Flodermüller von Schwarzeck hat's eingsteigert. No, überm Vater seine Schulden aussi is uns noch a ganz netts Geldl blieben. Aber was heißt dös? Kein Glück und kei' Heimat nimmer! Da bin ich Jager worden und mit der Mutter nach Ramsau in d' Loschie zogen. Selbigsmal hat d' Mutter 's Sterben angfangt, und im letzten Frühjahr hab ich s' eingraben müssen.«

»Ganz allein bist auf der Welt?«

»A harts Wörtl, ja! Mein' Hund hab ich halt. Der is mir gut. Gelt, Bella, komm her zu mir!«

Schweifwedelnd kam der Teckel herbeigetänzelt und sprang auf Festeis Knie, der die Arme um den Hals des Hundes schlang und ihm das Gesicht an die Schnauze drückte.

Nannei rührte die Lippen, als möchte sie etwas sagen. Sie brachte keinen Laut aus der Kehle.

Festei ließ den Hund zu Boden springen und erhob sich. »Es is Zeit, Nannei! Du mußt dei' Ruh haben nach der Arbet. Ich hab dich eh schon z'lang aufgehalten. Morgen komm ich und schau nach deim Lamperl, wie's d' Nacht überdauert hat. Hoffentlich gut.«

»Ja, hoffentlich gut!«

Der Teckel schien zu verstehen, was das bedeutet: wenn zwei die Hände ineinander legen. Winselnd bohrte er seine Schnauze zwischen den Pfosten und die angelehnte Tür, und als sie knarrend aufging, sprang er bellend über die Schwelle.

»Schau, der macht mir gar die Tür auf!« sagte Festei und versuchte zu lächeln. »Also, pfüet dich Gott! Und gelt, schlaf recht gut!«

Nannei folgte dem Jäger bis zur Schwelle. Nachschauen konnte sie ihm nicht, die Nacht war zu dunkel. Dann rief sie durch die Finsternis: »Gut Nacht, Festei!«

Von der Höhe klang es herunter: »Gut Nacht! Und wann – – – gut Nacht halt!«

Noch eine Weile war der klirrende Schritt zu hören. Dann polterte, droben an der Jagdhütte die Tür, und alles war still.

6

Die Tage vergingen.

An jedem Morgen kam Festei, um zu fragen, wie das Dschapei die Nacht verbracht hätte; und an jedem Abend, wenn er heimkehrte von seinen mühsamen Wegen, mußte er sich als ›Lampldoktor‹ überzeugen, wie weit die Besserung tagsüber fortgeschritten wäre.

Vom Frühlicht bis zur Dunkelheit empfand das Mädel immer wieder jene ›gspassige Angst‹, die jäh verschwand, wenn Festei den Fuß auf die Schwelle setzte. Dieses seltsam aufgeregte Tagesgefühl verblieb ihr auch, als das Dschapei schon so weit gebessert war, daß Nannei um den Zustand ihres Lieblings keine Sorge mehr zu haben brauchte.

Jeden Abend wollte Nannei für den Jäger kochen. Das gab er nicht zu. »Dein Almbauer möcht a schöns Gsicht machen, wann er merkt, daß ich mitbeiß an seim Butter und Schmalz. Aber wann dir's recht is, daß ich am Abend da bin und a bißl plausch, so stell ich dir mein Mehlsackl abi und d' Schachtel mit meim Schmalz. Da kochst mir, und ich kann mit gutem Gwissen bei dir speisen.«

So hielten sie es, und Festei kontrollierte streng, ob Nannei auch wirklich zu gleichen Teilen von seinem wie von ihrem Vorrat nahm und sich nicht zu Schaden brachte. War die Pfanne geleert, so saßen sie plaudernd beisammen, oder wenn Nannei noch zu schaffen hatte, guckte der Jäger zu, sein Pfeifl schmauchend.

Eines Tages – es war der fünfundzwanzigste Juli – hörte Nannei lang vor der Dämmerung Festeis wohlbekannten Schritt. Als sie flink zur Hüttentür hinübersprang, stand der Jäger schon vor ihr, mit erhitztem Gesicht, mit naß in die Stirn hängenden Haaren und mit Augen, die vor Erregung blitzten.

»Jesus!« stammelte das Mädel. »Festei, was is denn?«

»Nannei, denk dir, zwei Adler hab ich ausgmacht! Mar' und Joseph! Wann ich ein' derwischen thät! Wär dös a Glück!«

»War dös a Glück!« stammelte Nannei, aus dem Schreck hineingestoßen in die schönste Freude.

»Wie ich vor zwei Stund übern Grat vom Schneiber ummigstiegen bin, da hab ich s' gsehen, alle zwei beieinander unter die Wand. Da drunt am Sand liegt an abgfallene Gamsgeiß. Dö haben s' schon halb verspeist. Und gleich hab ich zammpackt und bin davon, hint abi vom Schneiber und durch'n Sigerethgraben – ich sag dir's, so bin ich meiner Lebtag noch nie net grennt! Und auf der Stell muß i abisausen in d' Ramsau und muß beim Oberförster 's Legeisen holen. In der Nacht muß ich wieder auffi, weil 's Eisen vor Tag schon liegen muß.« Tief Atem schöpfend, faßte der Jäger die Hand des Mädels. »Nannei, schau, jetzt bin ich morgen in der Früh net da! So viel gern hätt ich dir Glück gwunschen, morgen zu deim Namenstag.«

Nannei wurde rot bis unter die Haare. »Dös freut mich aber! Woher weißt es denn?«

»Ich hab halt nachgschlagen im Jagdkalender, bis ich ihn gfunden hab, den heiligen Annentag. Mußt halt heut schon anhören, was ich dir alles wünsch: natürlich Gsundheit, fester als a Haus, und daß deiner Mutter nix fehlt und daß deim Vieh nix gschieht! Alles Gute halt, weißt!«

»Ich danke dir, Festei! Und weil in der Stund, wo eim aus gutem Herzen ebbes gwunschen wird, jeder Gegenwunsch an richtigen Kraft hat, wünsch ich dir gleich, daß d' morgen alle zwei Adler mitanander fängst!«

Der Jäger lachte. »Nur net z'viel verlangen! Sonst bschert eim unser Herrgott gar nix! Ich wär schon zfrieden mit eim einzigen. An so eim Vogel kannst alles verkaufen. Dös machet a hundertfufzg Markl aus! Plagen will ich mich wie a Schneck um sein Häusl! Aber tummeln heißt's, sonst liegt mir am End der Oberförster schon im Bett. Pfüet dich Gott, Nannei! Pfüet dich Gott!« Ein Händedruck, und Festei sauste davon.

»Jesus, Jesus, Jesus, wann er ihn nur kriegen tät!« seufzte Nannei, als sie wieder an die Arbeit ging.

Vielleicht ließ sich diese Freude vom lieben Herrgott für den Festei herunterbeten! Sie sprach ein Vaterunser ums andre. Dann fiel ihr ein, daß die Mithilfe eines Heiligen förderlich sein könnte. Gleich dachte sie an den heiligen Antonius. Der ist zwar gewöhnlich nur fürs Finden gut – und keiner sucht vergebens, wenn er beim Suchen andächtig betet:

›O heiliger Antoni, kreuzbraver Mann,
Ich bitt dich gottstausendmal, führ' mich dran!‹

Der Gewinn an solch einem Adler wäre am Ende doch auch gefundenes Geld, dachte Nannei, und so kam ihr der heilige Antonius nicht mehr aus den Gedanken. Mit Scharfsinn änderte sie das alte Sprüchlein für den neuen Fall:

›O heiliger Antoni, kreuzbraver Mann,
Schau, daß der Festei den Adler kriegen kann!‹

Mit diesem Seelenschrei ging sie zur Ruhe und nahm ihn mit hinein in Schlaf und Traum. Und da sah sie Hunderte von Adlern in Haushöhe durch die Lüfte kreisen, daß die Sonne von ihnen verfinstert wurde. Und Festei schoß und schoß, daß die getroffenen Vögel herunterprasselten wie schwarze Hagelschloßen. Immer höher häuften sich die Adlerleichen und drohten den Jäger zu begraben. ›Nannei‹, schrie er hilfeheischend, ›ich muß dersticken.‹ Sie rannte. ›Ich komm schon, Festei!‹ Keuchend suchte sie sich über den Berg der im Todeskampfe zuckenden Vögel hinwegzuarbeiten. Schon griff sie nach dem unter einem Federwust versinkenden Jäger. Da fühlte sie sich grob und schmerzend am rechten Arm gepackt. ›Langsam! Ich bin auch noch da!‹ gellte Korbinis höhnende Stimme. Hurtig haschte sie Festeis Hand und lachte nur, als ihr Korbini mit wütendem Ruck den rechten Arm aus der Schulter riß – – und da erwachte sie und lag auf dem Kreister in ihrer Schlafkammer, durch deren kleines Fenster schon die helle Sonne hereinguckte. Den rechten Arm konnte sie nur mit Mühe bewegen; er schlief noch immer, während Nannei schon munter war.

Sie sprang aus den Decken und machte Windmühlenbewegungen mit dem langsam erwachenden Arm. Dann begrüßte sie ihr krankes Dschapei. Mit vorsorglicher Achtsamkeit legte sie das geduldige Tier auf die andere Seite und plauderte zu ihm. Als sie hinaustrat in die frische Morgenluft, erblaßte sie vor freudigem Schreck. An die Holzklinke der Hüttentür war ein großer Strauß blühender Alpenrosen angebunden. Mit zitternden Händen löste sie die Schnur und drückte das Gesicht in die Blumen. So närrisch war die Freude in ihr, daß sie einem lebenden Wesen davon erzählen mußte, und wenn es auch nur ihr Dschapei wäre. Lachend sprang sie in die Herdstube und jubelte: »Schau nur, Dschapei, was ich kriegt hab! Jetzt hat er halt doch an mich denkt! Und z'mittelst in der Nacht! Der Festei! Ich sag's halt, der Festei! Dös is einer!«

Sie holte ein Blechgeschirr, holte frisches Wasser, gab die Blumen hinein und stellte sie ans Fenster. Hundertmal bei der Arbeit huschte ihr Blick hinüber zu den roten Blütenglocken. Sie hatte viel zu schaffen; neben der täglichen Mühe mußte sie heut die Butterballen und Käslaibe, den Almgewinn der Woche, zurecht legen, weil sie gegen Mittag den Knecht des Almbauern erwartete, der an jedem Sonnabend kam, um abzutragen.

Als sie um die Mittagszeit vor die Hütte trat, schlug der Hall eines fernen Schusses an ihr Ohr. Jesus! Am End hat der heilig Antoni gholfen!' dachte Nannei klopfenden Herzens; nach der Richtung des Halles zu schließen, mußte der Schuß in der Gegend des Schneiber gefallen sein. Während sie noch immer lauschte, hörte sie das Klirren eines Bergstockes und das Klappern schwerer Schuhe. Die Kraxe auf dem Rücken, kam der alte Wofei über die Steine getorkelt; mummelnd und mit den Händen fuchtelnd, spähte er hinüber zur Höhe des Gejaidberges.

»Wofei? Wie kommst denn du daher?« rief Nannei den Alten an, der beim Klang ihrer Stimme den wackligen Kopf aufrichtete und ein stotterndes Gelächter hören ließ.

Langsam schlurfte er näher und starrte dem Mädel mit gläsernem Blick entgegen. »Schön Wetter, gelt? Geht's dir gut, da heroben?«

»Ja, net schlecht! Und wie geht's denn dir allweil?«

»Mir net, da heroben! Ich kann's net leiden. Lauter Steiner, lauter Steiner.«

»Was willst denn?«

»Abtragen, weißt, abtragen.«

»Du? Warum kommt denn der Knecht net?«

»Arbet, weißt, Arbet, hat er gsagt, der Bauer. Jetzt gehst, hat er gsagt. Ich? Na, nie net! Ich kann's net dermachen. D' Steiner, so viel Steiner! So? Aus und gar is, hat er gsagt. Kein Verdienst nimmer, gar nix, kein Geld, kein Schnaps. Da muß einer, weißt, da muß er!« Er hatte in die Riemen der Kraxe gegriffen, um sie vom Rücken zu laden, wäre aber nicht damit zustande gekommen, wenn ihm Nannei nicht geholfen hätte.

»So, setz dich her aufs Bankl und tu rasten! Ich bring dir gleich ebbes z'essen.« Sie nahm die Kraxe mit hinein in die Hüttenstube. Als sie am Herd stand, um die Pfanne mit dem Schmarren, den sie für den Knecht warm gehalten hatte, von den Kohlen zu nehmen, ging hinter ihr die Tür. »Warum bleibst denn net draußen? In der Sonn is schöner als in der dumperen Stub.«

»Draußen net! Na! Draußen mag ich net!« stotterte Wofei und schlich zur Herdbank. »Allweil der verfluchte Berg da! Ich mag net. Na! Herin bei dir, da gfallt's mir besser, du schöne Sennerin!« Unter blödem Kichern zog er den Kopf zwischen die Schultern. »So viel schön bist, so rund und so feinboanlet, grad so wie die ander. Mein' schier, du bist's! Aber stolz halt? Allweil stolz! Es is halt net jeder wie der ander.« Wieder das dünne Kichern.

»Wann so unsinnig daherredst, darfst mir net herin bleiben!« zürnte Nannei und schob dem Alten die Pfanne auf die Bank. »Iß lieber und sei stad!«

»Recht hast! Nix reden! Gar nix! Ich weiß nix davon. Keiner kann's wissen. Was d' net tust, da kannst nix sagen. Dumm war ich, dumm –« Kichernd krümmte Wofei den Rücken, zog die Pfanne heran, griff mit den Fingern in die Speise und schob die Schmarrenbrocken unter den borstigen Schnauzer.

›Die Pfann muß ich heut ordentlich fegen!‹ dachte Nannei.

Sie begann die Kraxe mit den Vorräten zu beladen und schnürte die Last mit einer Leine an das Holzgestell. Jetzt fuhr sie lauschend auf. Was war das aber auch ein fröhlicher Juhschrei, der von der Höhe der Rauhenköpfe herunterhallte zur Hütte. »Jesses, da kommt er!« jubelte Nannei und sprang zur Türe. Hinter ihr ein klirrendes Poltern. Wofei hatte die Pfanne zu Boden geworfen. Die Augen aufgetrieben wie von verzehrender Angst, umklammerte er mit beiden Händen Nanneis Arm und wimmerte: »Sag's ihm net, ich bitt, ich bitt dich, sag's ihm net, daß ich wieder dagwesen bin. Auf Ehr und Seligkeit, jetzt komm ich nimmer! Nur sag's ihm net!«

»Laß mich aus, du wüster Kerl du!« Nannei, der unheimlich zu Mut wurde, suchte mit Gewalt ihren Arm aus Wofeis krallenden Händen zu winden.

»Sag's ihm net! Sag's ihm net!«

»Was hast denn, du Narr? Der tut dir ja nix!«

»Gschlagen hat er mich, 's letztemal hat er mich gschlagen. Ich bitt dich, sag's ihm net! Ich versprech dir's, auf Ehr und Seligkeit –«

Mit Ringen und Zerren war es Nannei gelungen, sich zu befreien, und als der Alte unter angstvollem Gewimmer ihren Arm wieder haschen wollte, stieß ihn das Mädel mit beiden Fäusten von sich und sprang über die Schwelle.

Um die Ecke der Hütte biegend, lief Nannei dem Steige zu, auf dem der Jäger kommen mußte – und da bannte sie ein Anblick, der die Erinnerung an den Auftritt mit dem verrückten Schnapsbruder in ihr erlöschen machte. Sie hätte vor Freude schreien mögen und brachte kein Wort über die Lippen. Unter einem Lachen, das ein bißchen an den verwirrten Verstand des Wofei denken ließ, blickte sie zum Steig hinauf, über den der Jäger achtsam niederstieg, die Büchse vor der Brust, quer über dem Nacken den Bergstock, an dessen Enden zwei mächtige Adler hingen. Immer bellend, sprang der Teckel

209 um Festeis Füße und schnappte nach den zwei riesigen Vögeln, deren niederhängende Schwingen die moosigen Steine streiften.

Nun stand der Jäger vor dem Mädel. Ein glückliches Lächeln strahlte um seine Wangen, und aus seinen Augen leuchtete ein froher Weidmannsstolz. Den Bergstock mit der gefiederten Last emporhebend über den Kopf, lachte Festei: »Nannei! Was sagst? Gelt, da schaust!«

»No also, no also«, stammelte das Mädel, »jetzt hat er gholfen, der heilig Antoni! Gestern hab ich betet den ganzen Nammittag und bis in d' Nacht eini.«

»Jetzt versteh ich alles. Dein Beten war's, dös mir gholfen hat!« Der Glaube an diese Worte sprach aus Festeis glänzenden Augen. »Sonst wär's ja gar net zum denken, daß ich so a fürchtigs Glück hätt haben können! So ebbes gibt's kein zweitsmal nimmer!«

»So verzähl doch, geh, so verzähl doch!«

»Ja, Nannei, alles! Aber komm, z'erst schauen wir in d' Hütten eini!« Er senkte den Bergstock und ließ die beiden Adler auf die Erde gleiten.

»Geh, Festei, laß mich ein' tragen!«

»Ja, Madl, da hast ein'!« Er lachte. »Brauchst dich net fürchten! Der beißt jetzt nimmer.«

Sie hob den Adler empor und sprach den toten Vogel an: »Am End bist es du gwesen, der mein Dschapei so zugericht hat, du schlechter Kerl, du! Da sei nur froh, daß d' schon kapores bist, sonst tat ich dir gleich den Hals umdrahn, du Sapperlot!«

Festei nahm den zweiten Adler von der Erde, und so gingen sie zur Hütte, wo der Teckel schon rastend beim Dschapei lag. Als Nannei durch das Fenster in die Stube guckte, war kein Wofei und keine Kraxe mehr zu sehen. »Mir scheint, er hat sich aus'm Staub gmacht!«

»Was?« brauste der Jäger auf. »Is er dagwesen?« Er dachte an die frischen Spuren eines Männertrittes, die er auf dem Sandgefäll unter dem Hundstod wahrgenommen.

»Wen meinst denn du?« fragte Nannei verwundert.

»Den von Saalfelden!«

»Gott sei Dank, den hab ich mit keim Aug net gsehen! Aber der Wofei is dagwesen.«

»Der Wofei?«

»Mußt ihn doch gsehen haben selbigsmal, wie wir auftrieben haben? Der Alte, weißt! Heut is er dagwesen zum abtragen. Und aufgführt hat er sich wieder, ganz verruckt! Du hättst ihn gschlagen, hat er gsagt, weil ich dir ebbes verraten hätt von ihm.«

»So a Narrenseppl! Keine zwanzg Wörtin hab ich gredt mit ihm.«

»Ja, weißt, bei dem is nimmer ganz richtig.« Nannei rieb mit dem Finger die Stirn.

»Dös hab ich selbigsmal schon gmerkt!« lachte Festei.

Nun traten sie in die Stube, Nannei voraus. Kaum sah das Dschapei den großen Vogel, als es anfing, mit den Füßen zu strampeln und den Kopf hin und her zu werfen. Nannei ließ den Adler zu Boden fallen und beruhigte den erschrockenen Patienten mit schmeichelnden Worten. Als sie sich wieder erhob, sah sie den Jäger auf der Erde vor den beiden Adlern knien und sah, wie er aus dem Stoß eines jeden die längste, schönste und wolligste Flaumfeder zog. Er legte die zwei weißen Federbäumchen sorgsam aneinander und reichte sie lächelnd dem Mädel hin. »Da, Nannei! Die gehören dein! Schöner kann ich dir s' net geben, weil die Adler keine schöneren haben!«

Nannei erschrak. Mit beiden Händen schob sie das kostbare Geschenk zurück. »Na, Festei! Freuen tut's mich schon, wann mir a Federl schenkst – net weg'm Hochmut, daß ich eins aufm Hütl hab – bloß weil's von dir is und von deine Adler. Aber schau, ich bin schon z'frieden mit'm kleinsten, dös net verkaufen kannst. Dö zwei da? Gwiß net! Dös war sündhaft! Zwei söllene Stammeln! Da kriegst ja gwiß a vierzg, a fufzg Markln dafür!«

»Und wann ich tausend krieget oder gar hunderttausend – dö zwei sollst du haben und sonst kei' Menschenseel! Und nimmst es net, so tust mich verzürnen, daß ich kein Wörtl nimmer red mit dir!«

»Jesses! Da muß ich ja zugreifen!« stammelte Nannei. Als sie die selten schöne Hutzier in der Hand hatte, brach ihr die Freude aus den Augen. Und unter glücklichem Lächeln sah Festei zu, wie sie ihr Hütl holte, mit zitternden Fingern den Flaum hinter die grünen Schnüre schob, den geschmückten Hut auf die blonden Zöpfe drückte und sich schmunzelnd in einem winzigen Spiegel besah.

»Herr Jesus, Jesus, da muß die reichste Bauerntochter an völligen Neid auf mich kriegen! Und d' Leut! Mein! Die werden reden! Leicht sagen s' –« Sie verstummte. Dunkel schoß ihr das Blut in die Wangen. »Pfui Teufel, was bin ich für a Weiberleut!« sagte sie leise und ging in die Kammer, um den kostbaren Hut zu verwahren.

Als sie wieder in die Stube kam und still zu kochen begann, erzählte Festei in seiner ruhigen, schmucklosen Art.

»Dös war ein tüchtiger Marsch heut in der Nacht! Allweil hab ich mir denkt, was am Spiel is, und so hab ich's zwegen bracht, daß ich um zwei in der Früh schon droben war unterm Schneiber. Dös Gams hab ich bald gfunden, und wie am Himmel 's Licht aufzogen is, hab ich 's Eisen glegt, bin fürt und hab mir a verstecks Platzl gsucht, wo der Schatten bleibt, wenn d' Sonn kommt. Gleich hat mich der Schlaf packt, vor lauter Müdigkeit. Oft sagen d' Leut: 's Glück kommt im Schlaf. Meiner Seel, dös muß wahr sein! Wie ich aufwach, hör ich a schauderhaftes Reißen und Fludern. Kannst dir denken, wie gschwind als ich mit'm Schädel in d' Höh gfahren bin. Und wie ich aussi schau durch d' Latschen – ich hab gmeint, daß mich d' Freud schier umbringt – da hängt der eine Adler schon drin im Eisen mit alle zwei Fäng! Den hab ich gschwind beim Krawattl ghabt! Und derweil ich den Adler aussi nimm aus'm Eisen – ich hab schier gmeint, es laßt mir der Herzschlag aus – da streicht der ander schon her über d' Rotleitenschneid. Mit eim Satz war ich drin in die Latschen, hab mein Hundl zwischen die Knie gnommen, damit 's kein' Muckser net tut – und da war der Adler schon da, hat sich a bißl verhalten in der Höh und is pfeilgrad einigfallen aufs Gams, ich hab gmeint, er derhaut sich. Da kracht's aber schon bei mir, und im Schall hat's ihn hingrissen am Sand. A paar Rackler noch hat er gmacht. Nacher is er dagelegen, maustot. No, und da hast es jetzt, Madl, alle zwei!«

»So a Glück!« lachte Nannei. »Ich sag's, der heilig Antoni, über den geht nix!«

Nun aßen sie miteinander; dann steckte Festei sein Pfeifl an. Nannei tat ihre Arbeit, und dazu plauderten und lachten sie, bis es Nacht wurde.

Plötzlich hob der Jager lauschend den Kopf. Auch der Teckel schien ein verdächtiges Geräusch vernommen zu haben; knurrend fuhr er vom Lager des Dschapei auf und surrte bellend zur geschlossenen Tür hinüber.

»Was is denn da draußen?« Festei trat ins Freie. Den Hund zurückdrängend, umschritt er die Hütte und horchte hinaus in die Nacht. Alles war still. Das machte den Jäger nicht ruhig. Er dachte an die frischen Trittspuren, die er unter dem Hundstod im Sande wahrgenommen hatte.

In der Stube fragte Nannei: »«Was war's denn?«

»Wird halt a Stückl Wild vorbeigwechselt sein. Grad gut, daß ich aufgstanden bin – heut können wir 's Schlafen brauchen, alle zwei.«

»Geh, bleib noch a bißl!«

Er schüttelte den Kopf, hängte die Büchse um die Schulter und schob die gekreuzten Fänge der beiden Adler wieder über den Bergstock.

»Festei?« fragte das Mädel. »Hat dich ebbes verdrossen?«

»Gwiß net! Aber müd bin ich halt.«

»Freilich, da darf ich dich nimmer verhalten.«

Mit festem Händedruck nahmen sie voneinander Abschied. Und wieder blieb Nannei auf der Schwelle stehen, bis sie droben an der Jagdhütte die Türe poltern hörte.

Eine stille Weile verging. Dann öffnete sich droben die Türe wieder. Vorsichtig und lautlos stieg Festei durch die Nacht herunter, bis er nahe der Sennhütte zwischen zwei Steinklötzen in gedeckter Stellung sich niederließ.

Durch das kleine Fenster der Almstube schimmerte mattes Licht. Nun erlosch es.

In tiefem Schweigen verrannen dem Jäger die Stunden.

Mitternacht war schon vorüber. Da war ihm, als hätte er ein Geräusch vernommen wie das Knirschen einer Sohle auf lockerem Kies. Er bohrte die Augen durch die Finsternis und gewahrte im Dunkel, kaum noch erkennbar, eine Mannsgestalt, die sich lautlos an der Hüttenwand entlang tastete, gegen die Türe hin. Fester spannte der Jäger die Fäuste um seine Büchse und sprang auf.

»Wer da?«

Keine Antwort. Die schwarze Gestalt stand regungslos eingedrückt in den finsteren Schatten des vorspringenden Daches.

Der Jäger hob die Büchse. »Reden! Oder–«

Da löste die Gestalt sich aus dem Schatten, huschte in flinken Sprüngen an der Hüttenwand hin und verschwand um die Ecke. Nach einer Weile hörte Festei die flüchtigen Tritte auf dem talwärtsführenden Steig verklingen. Leise lachend, ließ er sich zwischen den Steinen nieder. Hier blieb er, bis auf den Bergspitzen das Frührot erwachte.

7

Das war der erste Morgen, an welchem Festei nicht in der Sennhütte erschien, um sich nach Dschapeis Befinden zu erkundigen. Immer wieder trat Nannei über die Schwelle und guckte hinauf zur Jagdhütte; da droben rührte sich nichts. »Kann sein, er hat seine zwei Adler abitragen in d' Ramsau.« Diese Rechnung stimmte. Aber da hätte Festei doch ein Wörtl sagen können; dann hätte sie nicht den ganzen Tag in Zweifel und Sorge hinpassen und immer fürchten müssen, daß – was denn? – nun, daß ihr schuldloses Dschapei bei dieser Vernachlässigung zu Schaden käme. »Wenn er kommt, heut bin ich aber bös mit ihm!« Sie studierte sich auch gleich die Predigt aus, mit der sie den gewissenlosen Lamperldoktor empfangen wollte. Als er am Abend über den Steig heraufklirrte, lief sie ihm lachend entgegen und tat einen Juhschrei, daß von allen Wänden ein Echo kam.

»Is heut wer dagwesen bei dir?« Das waren seine ersten, atemlosen Worte.

»Kein Mensch net!« Nannei sah erschrocken seine tiefliegenden, dunkel geränderten Augen an. »Festei? Fehlt dir ebbes?«

»Ah na! A bißl abzappelt bin ich halt.« Während sie in die Hütte traten, berichtete Festei, welch ein Glück er mit den beiden Adlern gemacht hätte. »Wie ich s' drunt in der Ramsau vorbeitrug am Wirtshaus, hat mich a Stadtherr angredt, und nimmer auslassen hat er, bis der Handel fertig war. Dreihundert Markln hat er mir hinzählt am Tisch. Da drum hab ich s' geben können. Meinst net auch?«

Nannei meinte: Gerechter wär's noch gewesen, die dreihundert Mark bekommen und die Adler behalten dürfen. Dann horchte sie verwundert auf während Festei seinen Rucksack auf die Herdbank legte, war ein leises Klingen zu hören. »Was hast denn da drin?«

»Mei' Zither hab ich mitbracht. Weit her is mei' Spielerei net, aber dieweil a Stündl am Abend kann's eim schon vertreiben.«

Diese Bescheidenheit war begründet. Als Festei spielte, erwies er sich als ein schwacher Meister auf dem ›süßen Hölzl‹. Der Nannei gefiel's. Sie konnte sich an den einfachen Weisen nicht satt hören, und auch Festei schien lieber zu spielen als zu schwatzen. So blieb's auch an den folgenden Tagen. Er wurde immer stiller. Und wenn er am Morgen nach seinem Reviergang für eine Minute in der Hütte vorsprach, hatte er übernächtigte Augen. War das ansteckend? Auch Nannei begann an Schlaflosigkeit zu leiden.

Aber das Dschapei fühlte sich wohler mit jedem Tag und wurde bei dem andauernden Mangel an Bewegung fett und kugelrund. Die Risse auf seinem Rücken und die Schürfwunden an Brust und Kehle waren schon vernarbt; auch der verletzte Huf war des Verbandes ledig. Die Heilung des gebrochenen Fußes verlangte freilich ihre Zeit. Es ging schon die zweite Augustwoche zu Ende, als Festei den Lehmverband endlich beseitigen konnte. Beim ersten Spazierversuche machte das Dschapei drollige Torkelknixe, die an den Wofei erinnerten. Das besserte sich rasch. Einige Tage später trippelte das Dschapei schon wohlgemut auf den Grasplätzen vor der Hütte umher.

Nun war's an einem Samstag. Auf dem Trischübl war bei der andauernden Sommerhitze das Trinkwasser versiegt. In der Mittagsstunde stieg die Sennerin, um frisches Wasser zu holen, in das Watzmanntal hinunter, durch das der Bartholomäer Steig heraufkletterte.

Als Nannei, die Füllung des Eimers erwartend, bei der Quelle stand, hörte sie Schritte und sah den alten Wofei einherkeuchen, so taumelig wie das Dschapei nach seiner Erlösung aus dem Lehmgefängnis. Der Alte gewahrte das Mädel, wackelte sonderbar mit dem Kopf und murmelte: »Überall? Bist überall, du? Da kann ich nix dafür. Da net!«

»Wo willst denn hin? Zu mir?«

»Na! Net zu dir! Allweil suchen muß ich. Suchen! Ich bring dir ihn nacher schon. Aber z'erst heißt's finden, weißt! Finden, finden!«

»Wofei! Heut hast wieder a bißl zviel gladen! Kannst ja schier nimmer stehn! Geh, schäm dich!«

»Weiß schon, ja, dös is die ärgste Sünd, die ärgst! Drum laßt's mir kei' Ruh net! Aber macht nix! Ich find ihn schon. Ganz genau kenn ich dös Platzl. Mußt dich net sorgen! Sei nur stad!« Mit zitternden Händen tastete Wofei nach dem Arm des Mädels.

Nannei wich vor ihm zurück. Um der unbehaglichen Gesellschaft des alten, halbverrückten Trunkenbolds zu entkommen, hob sie den kaum zur Hälfte gefüllten Eimer auf die Schulter und stieg der Höhe des Trischübls zu. Als sie das Gesicht wandte, gewahrte sie, daß Wofei den Steig verlassen hatte und auf Händen und Füßen durch den steinigen Graben hinaufkletterte, der unter den Wänden des Gejaidberges endet.

Was suchte der alte Narr da droben?

Nanneis Weg war steil und beschwerlich. Vor der Hütte hob sie mit einem Erleichterungsseufzer ihre Last von der Schulter. Nun trat sie in die Stube. Da hätte sie vor freudigem Schreck beinahe den Eimer zu Boden fallen lassen.

Auf der Herdbank saß die alte Baslerin.

»Ja Mutter, Mutter! Ja grüß dich Gott!« jubelte Nannei. »So a Freud! Und so a Weg! Wie hast es denn machen können?«

»Gut troffen hab ich's heut. Der Untersteiner Wirt hat im Wimbachschloß mit seim Wagerl an Gawlier abholen müssen, und da hab ich mit eini fahren können. Vom Schlößl auffi, da hab ich noch dritthalb Stündln braucht.«

»Aber gelt, jetzt bleibst a paar Tag bei mir?«

»Aber Nannei! Was denkst denn? Ich kann doch net morgen am Sonntag die heilige Mess' versäumen. Na na, dös darf net sein! Den Heimweg nimm ich über Barthlmä, und wann ich mich da um drei auf d' Fuß mach, bin ich bis sechse drunt, und da find ich leicht noch a Schiffglegenheit nach Königssee.«

Die Aussicht auf ein nur kurzes Zusammensein trübte Nanneis Freude. Aber weil ihre Bitten fruchtlos blieben, beschied sie sich. Und nun ging's an ein Schwatzen und Plaudern!

Die alte Baslerin hatte freilich nicht viel zu erzählen. Ihr war jeder Tag so still vergangen wie der andere, im Herrgottswinkel vor dem

Gebetbuch, beim Klappern der Stricknadeln, in der Sorge um ihr Kind.

Desto mehr wußte Nannei zu berichten – vor allem die lange Leidensgeschichte ihres Dschapei. Sooft sie dabei auf den Festei zu sprechen kam, hatte das Gesicht der alten Baslerin einen unruhig forschenden Ausdruck. Wurde Nannei von der Mutter mit einer Frage unterbrochen, so betraf diese Frage nie das Dschapei, sondern immer seinen Retter – und so kam es von selbst, daß sich alle Rede schließlich nur um Festei drehte und daß Nannei alles bis ins kleinste berichtete, was sie von ihm und seinem Leben wußte.

»Ja, Mutter, dös war a Glück, daß ich selbigsmal den Festei troffen hab!« beteuerte Nannei, während sie die dampfende Mahlpfanne neben der Mutter auf die Holzbank setzte.

»So? Warum denn a Glück?«

»Wann der Festei net gwesen war, hätt mein Dschapei z' Grund gehn müssen! So a guter und lieber Mensch, der Festei!«

»Soso?«

»Heut, am Abend, da kommt er wieder. Schad, daß d' net bleiben kannst. Der tat dir gfallen, der Festei!«

»Meinst?« Nach diesem kummervoll klingenden Worte geriet die Baslerin in einen wunderlichen Zorn und polterte: »Jetzt red net allweil! Da setz dich her und iß! Wird ja alles kalt! So a fetts Essen, wann's net richtig warm is, tut eim net gut. Da kann man sich die schönsten Zustand einwirtschaften.«

Nannei setzte sich lachend zur Pfanne. Bald aber ließ sie den Löffel wieder ruhen, erzählte von Festeis glücklichem Adlerfang, berichtete von dem einträglichen Verkauf der beiden Vögel und sprang in die Kammer, um der Mutter die kostbare Hutzier zu zeigen, mit der ihr Festei eine so ›fürchtige Freud‹ gemacht hatte.

Die alte Baslerin hörte schweigend zu. Als die Pfanne geleert war, sagte sie: »Komm! Setzen wir uns aussi aufs Bankl! Ich muß a bißl Luft schnappen!«

Es war schön da draußen! Rings um die Hütte lag der Sonnenschein, während das vorspringende Dach die Bank mit kühlem

Schatten überwob. »Schau, Mutter«, sagte Nannei, »da droben steht 's Jagerhäusl. Da haust der Festei.«

»Soso? Der Festei? Aber der hat doch sein' Dienst. Da wird er net oft zu dir in d' Hütten kommen.«

»Uijegerl, Mutter, da kennst ihn schlecht. Der kommt jeden Morgen und Abend nachschauen, wie's meim Dschapei geht.«

»Ja, ja! Aber jetzt is ja dein Lamperl gsund!«

»Deswegen kommt er grad so. Und ich bin recht froh drum. Man hat doch an Ansprach. Mit'm Festei is a guts Reden.«

»Von was redts denn nacher allweil, wann er da is?«

»No, von der Jagd halt und von meiner Almerei. Und viel reden wir von dir, Mutter! Ja! Und jetzt hat er sei' Zither heroben. Arg gut kann er's net. Aber so viel Gmüt hat er in seim Gspiel.«

»No ja, Zithern, dös is a recht a schöns Instrament, aber – wie redt er denn so von dir? Gelt, er sagt dir allweil, daß d' a liebs und a saubers Madl bist?«

»Gott bewahr!« versicherte Nannei. »So ebbes hat er noch nie net gsagt. An so ebbes denkt er gar net, der Festei! Ah na, der net! Aber weißt, da hat mich amal einer angsprochen –« Und Nannei erzählte der Mutter von den beiden Begegnungen mit Korbini.

»So an unverschämter Lackl, so an unverschämter!« brauste die Baslerin auf. »Und da soll ich mich net sorgen, daß d' so allein daheroben bist, ohne Schutz und Hilf!«

»Aber Mutter! Es is ja der Festei da!«

Dieser Einwurf brachte die alte Frau ganz aus der Fassung. Den grauen Kopf schüttelnd, rückte sie näher zu dem Mädel heran. »Schau, Nannei, du hast bald deine achtzehn Jahr und bist in eim Alter, daß man von so ebbes zu dir reden kann.« So mild ihre Stimme war, sie klang sehr eindringlich. »An dem Lackl von Saalfelden hast es gsehen, wie so a Kerl sein kann zu eim Madl. Aber dö so grob dreingreifen, sind noch lang net die gfahrlichsten. Viel gfahrlicher is einer, der lauter Sanftmut is und Freundlichkeit und allweil so heilig daherredt, als ob er keiner Fliegen an der Wand ebbes anhaben kunnt.«

»Mutter?« Nannei hatte große Augen. »Du meinst doch net den Festei?«

»Ah, woher doch!« beteuerte die alte Baslerin. »Dem fallt so ebbes net ein! Der will dir nix! Aber du mußt bloß denken, daß d' a Jungs Madl bist, ohne Kenntnis von der Welt und von die Leut. Und kommt da einer angsäuselt, der sich allweil auf'n Guten und Braven aussispielt und so schmalzig daherredt – Madl, da hat's es gleich, und so a Gansl is verschossen bis übern Hals. Hat ein' der Liebesteufel beim Zwickel, da überlegt man net lang und rennt bocksteif mit'm Köpfl und mit'm Herzen eini ins Elend. Schau, Madl, dös kenn ich, dös hab ich selber derlebt. Ich bin auch so droben gwesen am Berg, allein, und hab mein' Muckei kennengelernt. Und grad so is einer kommen und hat so schmalzig dahergredt – kennst ihn ja, den alten Wofei, den versoffenen – selbigsmal is er Holzknecht gwesen, und kei' Ruh hat er mir lassen, bis ihm der Muckei den Buckl amal ordentlich verdroschen hat!«

»Der Wofei?« Nannei meinte nun manche von den wirren Reden des Alten zu verstehen. Sie wollte davon erzählen, aber die Mutter sprach schon weiter:

»Schau, dein Vater is a Mensch gwesen, wie's auf der Welt kein' zweiten nimmer gibt. Drum haben wir net gerechnet, daß er nix hat und ich nix hab. Ich müßt lügen, wann ich sagen wollt, daß ich's an einzig Stund bereut hab. Und wie ihn d' Leut selbigsmal bracht haben, da hab ich gmeint, es reißt mir alles ausanand in mir.« Die Baslerin schwieg eine Weile und nickte vor sich hin. »Wann ich heut so ummischau an d' Sigerethwand, da steigt wieder alls in d' Höh. Und viel lebendiger wie's Linde wird alles Harte. Alls war anders und leichter gwesen, wann dein Vater und ich net so narret einigheiret hätten in' Tag. Grad rennen und schaffen hat er müssen von der Früh bis in d' Nacht, der arme Kerl, daß er drei hungrige Mägen hat füllen können. Wer bei uns in die Berg nix hat, der muß sich zu jeder Arbeit schicken, wann's gleich an Arbeit is, wo 's Sterben mit eim Hand in Hand geht bei jedem Schritt und Tritt. Und 's Weib daheim hat kei' ruhige Stund vor lauter Angst. Und legt der Herrgott sei' gwichtige Hand auf ein', so sitzt man drin in der Kümmernis, daß man gar nimmer drüber aussischaut. Und da hast so a kleines Hascherl am kalten Ofen hocken und kannst ihm nix geben als wie 's Fremdeleutbrot – und wie hart dös zum beißen is, dös weißt ja selber. Gewiß wahr, ich bin keine von die Mütter, die obenaus wollen mit ihre Kinder. Aber schau, Madl, dir möcht ich halt verspart wissen, was der Vater und ich haben schlucken müssen an Sorg und Elend. Sei gscheid, Madl! Und häng dein Herz net gleich an ein', bloß weil er schmalzig daherpfeift und a seidengstickts Edelweiß auf der Lederhosen hat. Wann sich amal ebbes rührt in dir, so schau halt a bißl zu, ob dö Sach a gutgeflochtens Brotkörbl hat, und denk net an d' Süßigkeit, vor net weißt, daß d' Säuernis ausbleibt.«

Regungslos hielt Nannei den Kopf an die Hüttenwand gelehnt. Unter den gesenkten Lidern tröpfelten langsam Tränen heraus.

»Deswegen brauchst net d' Salzbüchsln austranzen!« mahnte die Mutter, während sie selber heimlich die feuchten Augen trockenlegte. »Allweil is mir dös auf der Seel glegen, daß ich's amal aussibring. Drum hat's mich heut auffitrieben zu dir.« Leise fügte sie bei: »Hoffentlich bin ich net schon z'spat kommen!« Sie erhob sich und schüttelte die Röcke. »So! Und jetzt bsuchen wir deine Küh. Haben sie sich gut ausgspeist auf der Alm? Kann dein Bauer a Freud haben, wann's zum Abtreiben kommt?«

»Ja, mit die Küh bin ich zfrieden!« nickte Nannei. »Bloß der Scheckin is a bißl ebbes passiert. Die hat sich a Flaxen aufgrissen an eim Stein.«

»Geh?«

»Ja!«

Die beiden wanderten dem Weideland entgegen, von dem die Almglocken herübertönten.

Als eine Stunde später die alte Baslerin sich auf den Heimgang machte, wollte Nannei sie ein Stück Wegs begleiten. Das litt die Mutter nicht; sie meinte, Nannei hätte schon zu viel von ihrer Arbeit versäumt.

Der Abschied dauerte noch ein halbes Stündl.

Während die alte Frau langsam über den Steig hinuntertäppelte, guckte sie immer wieder mit feuchten Augen zu den Sigerethwänden hinauf.

Bei der Quelle, wo Nannei den alten Wofei getroffen hatte, verweilte sie und schöpfte mit der hohlen Hand einen Trunk des kalten Wassers. Dann pilgerte sie sinnend weiter, bis sie lauschend den Schritt verhielt. Schwere Tritte klangen. An einer Biegung des Steigs sah sie einen jungen Jäger erscheinen, dessen Gestalt und Gesicht ihr gefielen.

Nun stand er vor ihr. »Grüß Gott, Weiberl!« grüßte er freundlich.

Die alte Baslerin vergaß, den Gruß zu erwidern. Immer blickte sie dem Jäger in die Augen. »Du? Bist du der Jager vom Trischübl?«

»Ja.«

»Der Festei?«

»Ja. Und wer bist denn du?«

»Ich bin der Nannei ihr Mutter.«

Es huschte heiß über Festeis Wangen. Er bot der Alten die Hand und sagte: »Dös freut mich. D' Nannei hat mir schon oft von dir verzählt. So viel gleichschauen tust ihr! Und dö Freud, dö d' Nannei ghabt haben muß! Aber wo willst denn jetzt hin?«

»Heim wieder, über Barthlmä abi.«

»Jesses, Mutter«, sagte Festei erschrocken, »da bist aber weit vom Weg. Dös is ja der Steig zum Fundensee ummi. Da drunt, wo's Wasser lauft, hättst links ausbiegen sollen.«

Die alte Baslerin war trostlos.

»No geh, so viel macht's net aus!« begütigte Festei. »Da vorn führt a Jagdsteigerl zum richtigen Weg. Wann's dir recht is, geh ich mit, bis d' nimmer fehlen kannst.«

»Vergeltsgott, ja«, nickte die Alte dankbar. »Mußt doch a guter Mensch sein! An alts Weib spazieren führen – da ghört viel dazu.«

Die beiden wanderten über den schmalen Pfad, und die Baslerin wurde nicht müd mit Fragen über Festeis Herkunft, über Stellung und Gehalt.

»Achthundert Markln im Jahr?« kalkulierte sie. »Ah ja, da kann eins schon leben davon.«

»Zwei und drei und viere auch, 's Hausen muß man halt a bißl verstehn. Und nacher dö vielen Schußgelder! Da läppert sich schon allweil a bißl ebbes zamm.«

Auf das, was sich zusammenläppert, fiel die Baslerin nicht herein. Als aber Festei von seinem mütterlichen Vermögen sprach, von den elfhundert Mark, die als erste Hypothek auf einem großen Bauerngut lagen, hellte sich das Gesicht der Alten auf, und ein zufriedenes Schmunzeln spielte bei ihr um die langen Grübchen, die man Falten nennt.

Elfhundert Mark! Dazu noch die dreihundert Mark von den zwei Adlern –das war schon was!

Auf der Unterlahner Alm, von der auch ein Blinder den Weg nach Bartholomä gefunden hätte, mahnte die Baslerin den Jäger zur Umkehr. Mit allen zehn Fingern umspannte sie Festeis Hand und sah ihm in die Augen: »Gelt, grüß mir halt mein Nannei recht schön! Und kannst ihr ausrichten: Es hat mich gfreut, daß ich dich troffen hab. Du gfallst mir!« Sie lachte ein bißchen. »No? Was sagst denn zu meim Nannei?«

»Was soll ich da sagen!« stammelte Festei mit brennendem Gesicht.

»Gfallt s' dir?«

»Schau, Mutter, dös hab ich mich noch gar net gfragt. Aber eins weiß ich: daß ich versterben müßt, wann ich d' Nannei net krieg!«

Der Ton dieser Worte trieb der Alten das Wasser in die Augen. »Seit ich dich kenn, hab ich nix mehr dagegen. Und d' Nannei, mein' ich, is dir arg gut. Wissen tut sie's halt noch net. Mußt es net drängeln! Sie is halt noch a jungs Gansl. Aber wann sie's nacher weiß amal, dann – gelt, Festei, ich kann mich verlassen auf dich? Schau, haben tut s' net viel, mein Madl. Dös bißl Häusl halt! Aber 's Madel is brav und hat a saubere Seel. Und da mußt halt schauen, daß ihr dös bleibt! D' Lieb macht so a jungs Weibl verruckt und dumm. Und gelt, Festei, da sei halt du der Gscheiter!«

Ruhig sagte der Jäger: »Mutter, da kannst dich verlassen auf mich. Ich halt mei' Sach allweil sauber, meine Hemmeder und meine Schuech. Da wirst mir doch net zutrauen, daß ich versauen kunnt, was mir 's Liebste auf der Welt is.«

»Gott sei Lob und Dank! Wieder amal a Mensch, wie er sein muß.« Die Baslerin zog ihr Tüchl aus dem Unterrock und schneuzte sich mit großem Geräusch. »Und jetzt pfüet dich Gott, Festei!«

»Pfüet dich Gott, Mutter! Und komm gut heim!«

So schieden die beiden.

Die frohe Aufregung ließ die alte Frau viel schnellere Schritte machen, als es gut war für ihre Kräfte. Der Atem ging ihr aus, und sie mußte rasten. Mit dem Rücken an einen Baum gelehnt, sann sie und rechnete. Ein wohliges Rieseln ging ihr durch die Glieder, und schließlich fielen ihr die schwergewordenen Lider zu.

Als sie aufwachte, erschrak sie vor den dunklen Schatten.

Nun mußte sie hurtig zappeln, wenn sie drunten am See noch eine Schiffsgelegenheit erreichen wollte.

In Schweiß gebadet, kam sie nach Bartholomä und sah gerade den letzten Nachen von der Lände stoßen. Die Schiffer ließen sich durch Rufen und Winken bewegen, nochmal anzulegen.

Als die Baslerin in der Zille saß, wischte und wischte sie immer mit ihrem Tuch, bald übers Gesicht, bald rings um den Hals.

Der Abendwind blies über die hüpfenden Wellen und bekam für die Baslerin etwas Messerscharfes.

Die alte Frau begann zu frieren. Als der Nachen nach dreiviertelstündiger Fahrt um die Ecke der Falkensteiner Wand herumbog, wo der Wind noch schärfer zog, rüttelte ein jäher Schauer ihren Rücken, und sie fing zu husten an. Das klang wie der bellende Schrecklaut eines Rehbocks. Gleich dachte die Baslerin: ,Dös schlagt sich aufs Lüngerl! Dös kunnt mich reißen!' Und ebenso flink war der Gedanke da: ,A Mutter, dö ihr Madl gut unter Dach weiß, stirbt net hart.'

8

Mit dem Seelenlachen eines glücklichen Menschen war Festei durch den steilen Watzmanngraben hinaufgestiegen.

Es zog ihn zu Nannei; aber seine Dienstpflicht schrieb ihm eine Begehung der Grenze vor.

Als er zu den Sigerethwänden kam, war ihm, als vernähme er von irgendwo den Hall einer menschlichen Stimme. Jetzt bog er um eine scharfkantige Wandecke und hatte einen seltsamen Anblick.

Unter der Felswand zeigte sich auf dem Geröll ein kreisförmiger Wall von Steinen aufgeworfen. Aus der Mulde, die er umschloß, flogen immer neue Steine heraus. Manchmal tauchte der graue Kopf eines alten Mannes auf. Und aus der Grube klangen abgerissene Worte, untermischt mit Stöhnen und Wehrufen. Der Jäger erkannte den verrückten Wofei. »Mensch! Was treibst denn da?«

Wofei hob das Gesicht, das blutige Flecke zeigte. Wie in Zorn über die Störung, schüttelte er das wirre Haar, beugte sich in die Grube, warf mit beiden Händen wieder Stein um Stein heraus und brummelte: »So viel Steiner! Aber macht nix! Dös Platzl kenn ich gut! Ich find ihn schon! Da drunt muß er sein! – Jesus Maria! 's Blut!« Schaudernd schleuderte er einen Stein davon, den er mit dem Blut seiner eigenen, zerschundenen Hände befleckt hatte. Mit dem ganzen Körper warf er sich zu Boden. Wie ein Hund in einem Maulwurfshaufen scharrt, begann er mit beiden Händen im Geröll zu graben. »Jetzt kommt er! Es is ja 's Blut schon da! Gelt, ich hab's gsagt, ich find ihn! Noch allweil net? Wo bist denn? Bist denn gar so weit drunten? So viel Steiner! Und so viel Blut.«

Festei konnte den schrecklichen Anblick nicht länger ertragen. Er beugte sich über den Steinwall und riß den Alten in die Höhe. »So hör doch auf, du Narr! Zerreißt dir ja deine ganzen Händ!«

»Laß mich aus!« kreischte Wofei. »Jetzt muß er kommen! Laß mich aus!«

Rasch legte Festei Büchse und Bergstock beiseite und zog den Alten aus der Grube. Wofei taumelte gegen die Felswand, mit starren Augen, mit lautlos sich bewegenden Lippen, das Gewand mit Blut überströmt, zitternd am ganzen Leib. Den Jäger überkam ein tiefes Erbarmen mit diesem Menschen, in dessen Gebaren er den aberwitzigen Ausfluß eines gestörten Geistes sah. Er hob den Hut des Alten von der Erde und drückte ihn über Wofeis Stirn. »Geh weiter«, sagte er gutherzig, »komm, ich führ dich –«

»Führen?« unterbrach ihn Wofei mit wirrem Gestammel. »Führen willst mich? So einer bist du? Dich kenn ich! Ah na, nur net so gschwind!« Von Wort zu Wort hatte sich Wofeis Stimme zu wildem Geschrei gesteigert. Dabei versuchte er den Arm aus Festeis Händen zu winden. »Laß mich aus! Gelt, einführen willst mich? Einführen? Lieber stirb ich, als so viel Schand – so viel Schand! Im guten sag ich dir's, laß aus – oder –«

Da fühlte Festei an seiner rechten Schulter den Schmerz eines Bisses. Er ließ die Arme des Alten fahren, der unter Gelächter über das rasselnde Geröll dem Tal entgegenstürmte und mit lallender Stimme kreischte: »Hast es gmerkt? Mit mir is net zum spaßen. Frag den andern! Der hat gschaut, wie's ihn abigrissen hat über d' Wand. Jetzt schlagt er mich nimmer! Der net! So fang mich halt! Fang mich! Was macht's denn aus? Keiner kann ebbes sagen! D' Steiner sind's gwesen! D' Steiner!«

Der Alte verschwand. Immer noch klangen seine schrillenden Worte vom Tal herauf, und sein Gelächter widerhallte an den Felsen.

»Der is verruckt! Der is ganz verruckt! Der arme Häuter!« murmelte Festei; dann griff er nach Bergstock und Büchse und stieg, dem Fuß der Felswand folgend, der Höhe zu.

Es war ein mühsamer Weg, den er gehen mußte, bis er den Hundstodgipfel erreichte. Bei jedem Schritt begleiteten ihn die Gedanken an den verrückten Wofei. Doch als er die luftige Zinne gewann, hatte er an andere Dinge zu denken. Ihm zu Füßen in der Tiefe lag die Trischühlhütte wie ein winziger Silberpunkt auf grüner Matte. Er zog das Fernrohr auf, sah die grasenden Kühe, gewahrte sogar das Dschapei, das äsend über eine kleine Weidefläche zog. Nur das einzige, nach dessen Anblick ihn dürstete, sah er nicht, trotz allem Suchen und Spähen. In Unmut schob er das Rohr zusammen, erhob sich und wanderte über den schmalen Grat. Als er den Sattel erreichte, der die Rotleitenscheid mit dem Hundstod verbindet, wandte er sich talwärts und umstieg auf dem brüchigen Felsenhang die Hundstodgrube. Plötzlich verhielt er den Schritt. Es war aus dem Griestal herauf der Hall eines Schusses an sein Ohr gedrungen.

›Das wird der Jagdgehilf vom Wimbachschloß gewesen sein. Der wird einen Rehbock geschossen haben!‹ So dachte Festei. Da rappelten über ihm in der Wand die Steine. Er blickte zur Höhe und sah auf einer vorspringenden Platte einen Gemsbock stehen. Flink riß er die Büchse an die Wange, der Schuß krachte, und dröhnend rollte das Echo über den weiten Felsenkessel, während der verendete Gemsbock sich überschlug und herunterkollerte bis vor die Füße des Jägers.

Wegen der heißen Jahreszeit mußte er die Jagdbeute gleich hinunterliefern ins Wimbachschloß. Der Abend mit Nannei, auf den er sich wie auf das Heiligste seines Lebens gefreut hatte, fiel in die Dienstpflichtkiste. Er lud den Bock, nachdem er ihn aufgebrochen, seufzend auf den Rücken. Aber den Umweg über Nanneis Hütte wollte er sich nicht gereuen lassen. Als er über den Rauhenkopf hinüberstieg und die Almhütte sah, meldete er, wie an jedem Abend, sein Kommen mit einem Juhschrei. Keine Antwort. Er sprang auf und rief. Nur das Dschapei kam auf ihn zugehüpft und wollte gestreichelt sein.

Die Hütte stand offen. In der Almstube fehlte der Wassereimer – Nannei war zur Quelle gegangen. Das war ein weiter Weg. Es konnte eine Stunde und länger dauern, bis Nannei zurückkehrte. Da durfte er nicht warten. Er löste ein Blatt aus seinem Jagdkalender und schrieb:

> ›Libe Nannei! Ich hab ein Gams geschossen und muß es nuntertragen. Grüß Gott biß morgen. In der Fruh bin ich widder da. Mit achtungsvollem Grusse
>
> dein aufrichtiger Freind
>
> Sylvester Hindammer.‹

Mit einem gespitzten Hölzchen heftete Festei diese Botschaft an die Hüttentür. Dann stieg er noch flink zur Jagdhütte hinauf und befreite seinen Teckel, dessen winselnde Freude über das Wiedersehen mit seinem Herrn kein Ende nehmen wollte.

Als Festei den talwärtsführenden Steig erreichte, kam das Dschapei wieder auf ihn zugetrippelt und wollte ihm das Geleit geben, so daß er das anhängliche Tier zuletzt mit scheltenden Worten zurückscheuchen mußte.

Je tiefer Festei hinunterkam ins Tal, desto schwerer wurde die Last auf seinem Rücken und desto schwerer sein Herz. Als er bei sinkender Dämmerung die Griesalm erreichte, meinte er Schritte zu hören. Da trug wohl der Jagdgehilf vom Wimbachschloß seinen Rehbock heim? Festei rief den Namen des Kameraden mit halblauter Stimme. Sein Ruf wurde nicht erwidert. Und kein Schritt mehr. War ein Stück Hochwild über den Weg gewechselt? Windend hob der Teckel die Nase gegen die dunklen Büsche.

»Komm, Bella! Laß dös Wildbret in Ruh!« –

Als Festei eine halbe Stunde später den Flur des Wimbachschlosses betrat, kam ihm der Jagdgehilf entgegen, eine stämmige Gestalt mit rotblondem Vollbart, in erhobener Hand ein brennendes Kerzenlicht. »Was bringst denn, Festei?«

»An guten Gamsbock!« Festei ließ seine Weidmannslast auf die Diele nieden »Und was hast denn du gschossen?«

»Ich?«

»No ja, du hast doch gschossen! Zwischen fünfe und sechse, im oberen Gries!« »Da war ich drunt beim Futterstadl!«

Festei erblaßte. »Heilige Muttergottes! Der Schuß da droben – und dieselben Tritt – ich muß wieder furt! Furt!« Er raste keuchend in den dunklen Abend hinaus.

Lang war das Dschapei droben auf dem Steige stehengeblieben und hatte verdutzt dem Jäger nachgeblickt. Scheltende Worte aus diesem freundlichen Mund? Das war ihm eine neue, verblüffende Erfahrung.

Mit nachdenklichem Hängekopf trollte es der Hütte zu, kroch unter die Holzbank und zupfte von den Gräsern, die aus den Fugen des groben Steinpflasters herauswuchsen. Als im Bereich seiner

Halslänge das letzte Gras verschwunden war, grub Dschapei die Schnauze in seine Wolle und schloß die Augen.

Nach einer Weile kam Nannei mit dem Wassereimer und gewahrte den weißen Zettel an der Tür. Als sie die Schrift entziffert hatte, schob sie den Zettel hinter das Mieder. Still ging sie an die Arbeit, die ihr keine Freude machte. Sie kochte ihr Nachtmahl, das ihr nicht schmeckte. »Was so an Abend im Sommer für a Läng hat!« grollte sie. »Net zum derleben!«

Die letzte Arbeit war getan. »In Gotts Namen, geh ich halt schlafen!« Sie lockte das Dschapei in die Stube, schob an der Hüttentür den hölzernen Riegel vor und untersuchte den Verschluß des Fensters, wie sie das jeden Abend zu tun pflegte.

Das Dschapei hatte sich auf sein Lager niedergestreckt. Nannei kauerte sich zu dem Tier auf den Boden hin. Heute schwatzte sie nicht mit ihm wie sonst; sie fuhr ihm nur langsam mit den Fingern immer und immer wieder durch das lockige Fell.

Endlich erhob sie sich und ging in ihre Kammer. Eine Weile stand sie an den Kreister gelehnt und blickte sinnend in das dämmerige Fensterlicht. Nun löste sie das Brusttuch und legte das Mieder ab. Den Zettel des Festei schob sie an dem in der Wandecke befestigten Kruzifix hinter die Füße des Heilands. Seufzend streifte sie die Schuhe und Strümpfe von den Füßen, schmiegte die Wange an die verschlungenen Hände und begann zu beten. Das dauerte lang. Nannei hatte für viele zu beten, für den Festei, für die Mutter und für das Dschapei.

Stirne, Mund und Brust bekreuzigend, stieg sie auf den Kreister, streckte sich aus, drückte die Augen zu und erwartete den Schlaf.

Der wollte nicht kommen.

Nannei war sonst nicht furchtsam. Aber heut war etwas Sonderbares in ihr: Angst war es nicht – so etwas Wunderliches.

Eine Stunde mochte ihr schlaflos vergangen sein. Da stand sie auf, holte das Dschapei in die Kammer herein und verriegelte die Tür. »So, Dschapei, sei stad und schlaf!« sagte sie und legte sich wieder hin.

Die Nähe eines lebenden Wesens schien ihre Beklemmung zu lösen. Bald verspürte sie jene wohltuende Erschlaffung, die den kommenden Schlaf verkündet.

Ein Geräusch ermunterte sie wieder. Mit unruhigem Getrippel stand das Dschapei an der Tür und ließ sich durch Nanneis Zurufe nicht mehr beschwichtigen; es hatte sich in seiner Leidenszeit an das Lager da draußen gewöhnt. Wenn Nannei zur Ruhe kommen wollte, mußte sie dem eigensinnigen Dschapei den Willen tun. Sie öffnete die Tür und schmollte: »Geh weiter, ich mag dich nimmer!«

Als das Dschapei sich auf seinem gewohnten Fleck niedertun wollte, stutzte es vor dem weißschimmernden Streifen, den das Mondlicht durch eine Klunse der Hüttentür über den Lehmboden warf. Vorsichtig umging es diese verdächtige Sache und streckte sich neben dem Herd auf sein kleines Heubett.

Jetzt war Stille. Das Dschapei hielt sich ruhig; aber es schlief nicht; der flimmernde Lichtschein beschäftigte seinen neugierigen Lammsverstand.

Plötzlich hob es lauschend den Kopf.

Vor der Hütte hatten sich leise Tritte vernehmen lassen. Nun folgte ein Geräusch, als würde eine schwere Last vorsichtig zur Erde gesetzt. Auf dem Lehmboden der Herdstube erlosch jener helle Schimmer, und die Tür knirschte wie unter einem von außen kommenden Druck. In der Klunse erschien eine blinkende Messerklinge, und Ruck um Ruck verschob sich der hölzerne Riegel. Langsam fiel die Tür in die Stube. Auf der Schwelle stand, umrahmt vom Mondschein, eine dunkle Gestalt mit geschwärztem Gesicht.

Kannte das Dschapei die Gespensterfurcht? Wie von grauenvollem Entsetzen gejagt, sprang es von seinem Lager auf, rannte durch die Stube, warf die Holzgeschirre durcheinander, stieß die Bank um und fuhr, das Freie suchend, gegen die Beine des nächtlichen Gastes, der unter zornigem Fluch das schmälende Tier mit einem Fußtritt über die Schwelle beförderte.

In der Kammer ein gellender Schrei. Der Schwarzgesichtige sprang in die Stube, aber da flog schon die Kammertür ins Schloß, und klirrend fuhr innen der Riegel vor.

Zitternd stand Nannei in dem engen, finsteren Raum, ohne recht zu wissen, ob das alles wirklich wäre oder nur ein böser Traum.

Jetzt hörte sie die dünnen Bretter ächzen unter wuchtigem Druck. Die nackten Sohlen gegen den Fuß des Kreisters stemmend, preßte sie die Arme unter Schluchzen und Beten mit der ganzen Kraft ihres jungen Körpers gegen die Türbretter. Was half ihr Beten? Was half ihre Kraft? Der Riegel bog sich und sprang aus der Öse. In die Spalte der weichenden Türe schob sich ein Fuß, ein Knie, ein tastender Arm.

Da klang an das Ohr des verzweifelten Mädels das Gebell eines Hundes. »Festei! Festei!« flog es ihr mit herzzerreißendem Schrei aus der Seele. An der Tür wich die drückende Kraft, polternd fielen die Bretter zurück, und unter dem jähen Ruck schlug Nannei mit der Stirne gegen das Holz. Noch war sie nicht wieder auf den Füßen, da hallte draußen ein röchelnder Laut. Aufkreischend flog Nannei hinaus in die Stube, und während das heulende Gebell des Hundes von der Hütte sich entfernte, sah das Mädel vor der Schwelle im Mondlicht den Jäger stehen. In erhobenen Händen hielt er die Büchse, welche krachend ihren Feuerstrahl in die Luft entlud: Nun sank ihm der Kopf in den Nacken, es sanken ihm die Arme, die Büchse fiel klirrend auf die Steine, und lautlos brach der Jäger zusammen.

Einen Augenblick lähmte das Entsetzen Nanneis Glieder. Dann klang es mit gellendem Wehschrei: »Festei! Mein Festei!« Sie warf sich vor dem Hingestreckten zu Boden, hob seinen Kopf von den Steinen, und unter Schluchzen und Stammeln überströmte sie sein Gesicht mit Tränen und Küssen.

Der Hund kam zurück und umkreiste winselnd die beiden Menschen.

Unter schrillen Hilferufen hielt Nannei den Jäger umschlungen. Sein heißes Blut quoll ihr durch das Hemd an die Brüste.

»Festei!« Das war ein Laut in Freude.

Sie sah beim Mondlicht seine Augen offen, sah an seinem Blick, daß er sie erkannte, und sah ein glückliches Lächeln um seinen blassen Mund.

9

Dicke Wolken umhüllten alle Bergspitzen, und unfreundliche Nebel flatterten über das Griestal. Schwere Wassertropfen hingen an den Büschen, und kleine Bäche gurgelten auf allen Wegen.

Da war auf dem Pfade, der in steilem Zickzack zum Trischübl emporführte, ein gefährliches Gehen.

Dem Wimbacher Jagdgehilfen machte das keine Sorge; aber die bunt aufgeputzte Weibsperson, die an seiner Seite tappelte, ließ, sooft sie ausrutschte, ein ängstliches Kreischen hören, das dem Blöken eines alten Schafes glich. Sie hing an dem Arm des Jägers geklammert. Aus einem gedehnten »Ijaaa!« war zu schließen, daß sie eben eine lange Rede beendet hatte.

»Schauderhaft«, sagte der Jäger. »Jetzt kommt dös auch noch über dös arme Madl! Als ob's an der Gschicht mit'm Festei net schon gnug ghabt hätt!«

»Ijaaa! Und da war halt jetzt der Almbauer bei mir. Dös hab ich aber gleich gsagt, daß ich am Trischübl net bleib. Ijaaa! Morgen in aller Früh treib ich abi zur Griesalm. Haben wir ja eh schon Mitte September.«

»Gelt, Wabei, sag's ihr net so grad aussi! Dös Madl kunnt arg derschrecken.«

»Ijaaa! Dös muß ich ihr so langsam einschütten wie a pfuiteufligs Trankerl!« beteuerte Wabei. »A Glück, daß wenigstens ich a bessere Botschaft bring. Mit'm Festei macht sich die Sach wieder.«

»Dös is der Jager, den s' droben gstochen haben, gelt? Wohin hat er ihn denn gstochen, der Lump?«

»Von oben her übern linken Schlaf in d' Achsel. Da hat's ihm den Knochen angsplittert.«

»Ijaaa, mein, dös is ja gar nix! Da hab ich schon viel schönere Stich gsehen!« versicherte Wabei.

»Alles war vielleicht in vierzehn Tag wieder gut gwesen, wann man's gleich richtig hätt verbinden können. Aber die ganze Nacht da droben und der weite Weg bis zu mir ins Schloß abi! Was hat dös

Madl da droben machen können? A bißl a Pflaster halt und an kalten Umschlag. Und da hat er jetzt ebbes kriegt – Knochenverentzündung, sagt der Doktor. Drei, vier Wochen kann's allweil dauern.«

»Ijaaa mein, dös is ja gar nix! Da hab ich schon Stich gsehen, wo einer a halbs Jahr lang liegen hat müssen. Haben s' den Lumpen schon derwischt?«

»Na, gar nix haben s' aussibracht!« brummte der Jäger. »Von dem fremden Gwehr und von dem Rucksack mit dem Hirschkalb, dös der Lump hat liegen lassen, hat man nix erawieren können.«

»Erawieren, gelt, dös heißt aussikitzeln?«

»Ja. No freilich, an Verdacht hat er schon, der Festei, auf ein' von Saalfelden drüben. Suttner Korbini heißt er. Wie aber d' Schandari nachgfragt haben, hat er zwei Senner als Zeugen bracht, daß er in derselbigen Nacht am Steinernen Meer in einer von seinem Vatern seine Almhütten gwesen is. Söllene Kerl schwören um zwei Maß Bier. So is halt d' Menschheit! Was kannst machen!«

»Ijaaa, da kannst gar nix machen!« versicherte Wabei nachdenklich.

Diebeiden hatten die Höhe erreicht. Unter der Hüttentür stand Nannei, die den Jäger erwartet hatte, seit Stunden schon. Weil er Nachricht vom Festei brachte. Still, mit dürstenden Augen, ging sie ihm entgegen.

»Gut geht's, Madl!« rief der Jäger. »Er laßt dich schön grüßen. An ganzen Binkel voll Botschaften hat er mir auftragen. Aber jetzt muß ich z'erst ins Jagerhüttl auffi. Ich komm schon wieder abi, eh daß gehst.«

Er nickte einen Gruß und folgte dem Steig. Nannei sah ihm schweigend nach; sie begriff sein letztes Wort nicht. Gehen? Wer ging?

»Jetzt weiß ich net«, sagte Wabei, »bist du's oder bist du's net? D' Nannei?«

Das Mädel nickte.

»Schier hätt ich dich nimmer kennt. Hast allweil an apfelbackets Gsichtl ghabt. Und jetzt schaust aus wie der Kaas, wann er grün wird, ijaaa.«

»War kein Wunder!« Nannei blickte mit feuchten Augen ins Tal. »Und du? Gelt, du bist d' Nadler-Wabei von Unterstein? Was willst denn bei mir?«

»Ijaaa, da setzen wir uns z'erst a bißl nieder!« Sie machte sich auf dem Holzbänkl breit. »Gestern is dein Almbauer zu mir kommen, und ich hab ihm zugsagt, daß ich daheroben aushilf. Kannst gleich gehn, wann d' magst.«

Nanneis Augen erweiterten sich. »Is der Almbauer nimmer zfrieden mit mir?«

»Ah na! Kei' Red net! Aber dei' Mutter bleibt nimmer allein, weil s' kein' Menschen net hat. Allweil hat sie's gschoben, ijaaa, weil s' gmeint hat, dö Sach kunnt sich von selm wieder einrenken. Angst brauchst keine net haben! Ah na! Dös is gar nix! Da hab ich schon ganz andre gsehen. Dö haben vier Wochen vor'm Absterben schon 's weiße Nasenspitzel ghabt. Da hat man sich gleich auskennt. Aber bei deiner Mutter! Ah na! Dös is gar nix! Da hat's noch weit bis zur kalten Himmelfahrt.«

»Aber Wabei«, stammelte Nannei in Schreck und Sorge, »was is denn? Es wird doch um Gottes willen d' Mutter net verkrankt sein?«

»Verkrankt? Ah na! A bißl verkühlt hat sich dös Weibl halt. Mein, dös is gar nix. D' Leut und der Doktor sagen freilich – aber schau, mußt halt denken, daß jeder Mensch amal sterben muß, du und ich und a jeds von uns amal, ijaaa! Schau mich an, mir sind schon zwei Mütter gstorben, die richtig und d' Stiefmutter. Alls verwindt a standhafte Menschenseel. Drum sei gscheit! Pack deine Sachen zamm! Bis um sechse kannst drunt sein in Barthlmä, und um neune bist daheim, ganz leicht, ijaaa! Dei' Mutter wird sich mit'm Sterben net grad auf heut kaprazieren.«

Nannei hatte keine Tränen; ihre Augen waren heiß und trocken. Lautlos wankte sie in Kammer und Stube umher, um in den Korb zu legen, was ihr Eigentum war. Dabei kramte Wabei alle Neuigkei ten des Berchtesgadenertales aus und erzählte auch vom alten Wofei:

»Ijaaa, du, was der für Gschichten macht! Und Sachen bildt er sich ein, daß eim grausen möcht. Die ganzen Nacht schreit er, als ob er am Spieß stecket. Morgen, sagen d' Leut, wird er furttranspadiert, ins Narrenhaus! Ijaaa, mein, so a bißl Narrenhaus! Dös is noch gar nix! Solang sich einer net einbildt, daß er der Gott Vater is, hat er allweil noch a Quentl Verstand.«

Nannei war wegbereit. Und der Jäger kam. Der berichtete, was Festei ihm aufgetragen: Grüße, Grüße und Grüße, eingewickelt in Sorgen um Nanneis Wohl.

»Vergeltsgott!« sagte das Mädel, kaum eines Wortes mächtig. »Bald gsunden soll er halt! Und sagst es ihm von meiner Mutter! Gelt?«

Als sie aus der Hütte trat, sah sie neben dem Dschapei die Scheckin stehen, die ihr entgegenbrüllte. Sie schlang die Arme um den Hals des Tieres: »Pfüe Gott, Scheckin, du gute! Und sag's zu die andern, gelt! – – Komm, Dschapei, komm, jetzt müssen wir uns tummeln, d' Mutter –« Ein Sturz von Tränen erwürgte ihre Stimme.

Sie fing zu laufen an und lief, bis ihr der Atem ausging. Das Dschapei hopste und bimmelte hinter ihr her.

Und als die kleine Glocke verstummte, merkte es Nannei nicht. Erst auf der Unterlahneralm vermißte sie ihr Dschapei. Sie rief und rief. Eine Strecke rannte sie zurück und schrie und lockte. Umsonst. Die quälende Sorge um die kranke Mutter verbot ihr ein langes Suchen, und während sie zu hetzen anfing, um die verlorene Zeit wieder einzuholen, hoffte sie, daß ihr Dschapei den Weg zur Alm wieder finden würde. Als sie atemlos den See erreichte, war das letzte Schiff bereits abgefahren. Der Förster, um ihrer verzweifelten Augen willen, gab ihr seinen eigenen Kahn und einen Fischer. Die beiden ruderten, daß die Wellen am Kiel hinaufrauschten.

Als Nannei vor dem Schiffmeisterhaus zu Königssee ans Ufer sprang, begann es dunkel zu werden. Keuchend lief sie die Straße hinaus.

Ein jäher Schreck bannte ihren Schritt. Sie sah eine lohende Flamme emporschlagen in die Luft und sah den nebligen Himmel zu trüber Röte sich färben.

Im ersten Entsetzen meinte sie schon – – aber nein, das Feuer war zu nah, ihrer Mutter Haus lag weiter zur Linken. Gott sei Dank!

Sie lief und lief. Als sie die ersten Häuser von Unterstein erreichte, sah sie die Leute rennen. Aufgeregte Stimmen kreischten: »Wo brennt's? Wo brennt's?« Andere Stimmen antworteten: »Beim narrischen Wofei!«

Da war die Brandstätte.

Nannei konnte sich nur mühsam einen Weg durch das Gedränge der Menschen bahnen, die lärmend das Feuer umringten. Aus den Flammen klang ein wildes Gelächter.

Von Grauen gepackt, hetzte Nannei davon. Jetzt kam der schmale Fußpfad, der sie heimwärtsführte über die nassen Wiesen, dort hob sich schon der stille dunkle First über einen heckenbesetzten Hügel, und nun stand sie vor der niederen Tür. Die war verriegelt. Nannei rüttelte. Als die Tür geöffnet wurde, stand eine alte Frau vor ihr, eine Nachbarin.

Die Stube war finster; ein matter Lichtschein dämmerte aus der offenen Kammer.

»Mutter?«

Eine dünne zitternde Stimme gab Antwort.

Das lockende Grün einer Gemskresse, eine seltene Köstlichkeit für Krickelwild und Schafe, hatte das Dschapei im Watzmanngraben festgehalten.

Nicht weit davon war ein zweites Stäudl, ein drittes; und als Dchapei diese Leckerbissen aufgeknuspert hatte und zurückhüpfte auf den Weg, sah es nur Felsen und Bäume in der stillen Runde.

Es sprang und stand und guckte, wandte sich und rannte über den Pfad zurück, verlor den Weg und geriet in wirres Latschengebüsch.

Schmälend irrte das Tier zwischen den Stauden und Steinen umher, bis die Nacht über die Berge sank. Mit dem Glockenriemen verfing es sich an einem dürren Latschenast und riß und zerrte, bis der Riemen entzwei ging. Noch atemlos von dem würgenden Drucke, beguckte es in der Dunkelheit den Ast, studierend wie ein Philosoph, der hinter das Wesen der Welträtsel kommen will. Ob es sich erinnerte, daß es so etwas Ähnliches schon einmal erlebt hatte? Nicht auf festem Boden, sondern in der Luft, mit seiner ersten Kindheitsschelle. Lang suchte es nach einer trockenen Lagerstätte. Es fand keine. Alle Fremdenbetten der Berge waren naß. Und die Nacht war rauh und kalt. Als sich das Dschapei beim ersten Tageslicht erhob, fiel ihm das Gehen schwer. So steif waren ihm die Glieder geworden.

Wieder verging ein Tag, wieder eine Nacht.

Am dritten Abend gelangte das Tier mit Äsen und Suchen auf die Höhe des Rauhenkopfes und sah zu seinen Füßen die wohlbekannte Hütte liegen. In freudigen Sprüngen hüpfte es hinunter, von Stein zu Stein. Als es den Almplatz erreichte, sah es verwundert die geschlossene Hüttentür an und blinzelte hinauf zu dem steinbelegten Dach, aus dessen Lucken nicht wie sonst der blaue Rauch sich in die Lüfte kräuselte. Keine menschliche Stimme klang, keine Almglocke war zu hören. Nur die Holzbank stand noch da. Unter ihrem Sitz verbrachte das Tier die kommende Nacht.

Am nächsten Morgen vernahm es das Läuten der Glocken fern aus dem Griestal.

Es folgte dem Ton und fand den Pfad, der ins Tal führte. Wo linker Hand die Felsen zur Tiefe sich senken und rechts die Wände steil zur Höhe steigen, sah es den schmalen Weg versperrt durch ein festgeschlossenes Gatter. Hier stand es den ganzen Tag und fuhr mit der Schnauze über die Stäbe. Bei Einbruch der Nacht lief es zurück zur Hütte und streckte sich wieder unter die Holzbank.

So ähnlich ging es dem Dschapei Tag um Tag.

Weil es bei der Hütte nimmer viel für seinen Hunger fand, nahm es seinen Aufenthalt auf dem Rauhenkopf, wo zwischen dichtem Latschengestrüpp die Gräser sich länger hielten und in den kaltwerdenden Nächten ein windstiller Schlupf zu finden war.

Eines Morgens erwachte das Dschapei, kroch aus seinem dunklen Versteck heraus und sah mit verdutzten Augen umher. Hatte es

Salz geregnet in der Nacht? Alles war weiß in der Runde, und wei-ße, große Flocken wehten noch immer in Menge aus der stürmi-schen Luft.

Neugierig stieß das Dschapei die Schnauze in den Schnee, fuhr erschrocken zurück und schüttelte die kalte, nasse Sache von der Nase. Als es heraustrat auf den weißen Teppich und bei jedem Schritt so linde versank, als die Flocken ihm auf die Wimpern fielen und um die Ohren wirbelten, fing es an, die Sache lustig zu finden, sprang in munteren Sätzen umher, wälzte sich mit schlagenden Füßen im Schnee und trieb alle Possen, die ein Dschapei zu treiben weiß.

Es ging mit dieser Freude wie mit allen Freuden der Welt. Das Dschapei wurde müde und fühlte sich unbehaglich naß am ganzen Leib. Und der Hunger kam. Weder Gras noch Kraut. Nur Schnee. Es fing zu scharren und zu kratzen an und kam auch auf den Grund; das Ergebnis war ein mageres.

Gegen Mittag wurden die fallenden Flocken dünner und ver-schwanden. Manchmal blinzelte die Sonne durch die zerklüfteten Wolken, und ihre Strahlen machten den Schnee glitschig, daß er sich in schweren Klumpen an die Füße des watenden Tieres hängte oder an steilen Hängen unter ihm wegrutschte, im Fall das Dscha-pei eine Strecke mit sich reißend. Zuerst war auch das eine lustige Sache; sie endete nur leider mit Beulen und Wunden. Häufig ge-wahrte das Dschapei in seinen Schneestapfen kleine rote Punkte, die wie Frühlingsblumen aussahen und wie süßliches Wasser schmeckten, wenn man sie fraß.

Als die Sonne sich hinüberneigte über den Grat der Palfenhörner, kam das müde, blutende Dschapei bei seiner Suche nach Äsung in die Gegend der Hundstodgrube.

Da sah es in der Tiefe des Kessels einen Menschen wandeln, der über den Schnee hinwegschritt, als wäre sein Körper ohne Schwere. Quer in den Händen hielt er den Bergstock, hinter der Schulter hing ihm die Büchse, und unter jedem Fuße trug er einen dünnen, mit Schnüren übernetzten Holzreif. Beim Anblick dieses Menschen begann das Dschapei zu zittern. Nicht vor Schwäche und Frost, sondern aus Angst vor diesem Menschen, den es dreimal schon gesehen: an sonnigem Morgen im Wimbachtal, zur Mittagsstunde am Rande der Schlucht, in deren Tiefe das Dschapei um dieses Menschen willen qualvolle Stunden hatte durchleben müssen, und das drittemal bei Mondschein in Nanneis Hütte.

Über dem zitternden Tier lag es wie ein Bann, der seine Glieder lähmte. Erst als jener Mensch in einer Mulde verschwand, fing das Dschapei zu flüchten an und arbeitete sich mit seiner letzten müden Kraft durch den tiefen Schnee. Es kam auf seiner Flucht in den Sigerethgraben. Hier hielt es lauschend inne. Nichts war zuhören, nur das dumpfe Klatschen der Schneeklumpen, die von der Wand herunterfielen. Die trieben das Dschapei aus dem Graben; es kletterte, immer rutschend, den der Sigerethwand gegenüberliegenden Hang des Rauhenkopfes empor. Hier zwang die Müdigkeit das erschöpfte Tier zur Rast.

Noch lag es nicht lange, da sah es den Gefürchteten am Eingang der Schlucht erscheinen. Von neuem begann es zu flüchten. Unter seinen Sprüngen klirrte ein Stein, und dieses Geräusch machte den Menschen dort unten aufblicken.

»Ui jegerl, du bist da? No, meinetwegen, Lamplbraten is mir allweil lieber als an alter Gamsbock!« Lachend hob er die Büchse.

Der Schuß krachte, und der von der Kugel getroffene Steinblock sprühte dem verschonten Tier seine Splitter in das Fell. Das Echo rollte. War die Natur in Zorn geraten über diese Störung ihres weißen Friedens? In der Höhe der stummen Felsen begann sich ein seltsames Leben zu rühren. In verzweifelten Sätzen suchte der Störenfried dem Graben zu entrinnen. Da prasselte, sauste, dröhnte und donnerte die Vernichtung herunter über die Wände: Schnee, Geröll, Rasen, Steine und wieder Schnee und Schnee.

Noch ein leises Grollen und Summen in den Lüften. Dann tiefe Stille.

Wo war der Gefürchtete?

Die Augen des Tieres fanden ihn nimmer. Lange stand es und spähte hinunter in den mit trübem Wust erfüllten Graben. Da rührte sich kein Steinchen mehr. Schwer wie Blei lag der gehäufte Schnee.

Taumelnd mühte das Dschapei sich vollends hinauf zur Höhe.

Die Nacht kam heute früher als sonst. Finstere Wolken zogen von Westen über die Berge her und verschlossen den abendlichen Himmel. Wieder begannen die Flocken zu fallen, immer dichter; und der Wind umfuhr mit gellendem Lied die Felsen und Schroffen.

Die Nacht war da. Das Dschapei tappte immer zu, ohne zu sehen, wohin seine Schritte führten. Hier brach es mit den Füßen in eine Steinschrunde, dort rollte es über einen Hang; und wo es rastete, blies ihm der Wind den Frost in die Glieder.

Sein Vorwärtskommen war kein Gehen mehr, sondern ein Fallen von Schritt zu Schritt. Oft blieb es unbeweglich stehen und ließ sich einwehen vom Schnee, bis es ans Ersticken ging. Dann zappelte es sich mühsam aus dem kalten Federbett heraus.

In dem eintönigen Grauweiß unterschied es nimmer, was Boden oder Leere war. Als es den Grund unter den Hufen weichen fühlte, machte es keine Anstrengung mehr, um sich zu halten. Gehüllt in eine stäubende Masse, kollerte, stürzte das Dschapei ins Tal hinunter und lag in der Tiefe, gepreßt und gequetscht. Bei jedem Atemzuge fuhr ihm der Schnee in die Nasenlöcher.

So verblieb es lang, bis es stöhnend den Hals zu rühren begann und mit den Füßen stieß. Immer leichter wurde die weiße Decke über ihm; sie teilte sich, und das Dschapei sah empor an einer schiefen Felswand, sah über sich den morgendämmerigen Himmel und sah vor seinen Füßen flach und weitgestreckt das überschneite Griestal.

Umsonst versuchte es, den halb erstarrten Leib aus der drückenden Umhüllung völlig loszuwinden. Als ihm die Kraft versagte und seine Glieder, zerschunden und erstarrt, keiner Bewegung mehr fähig waren, ließ das Dschapei den Kopf zur Seite fallen, so daß es nur mit dem linken Auge noch wegschauen konnte über den Schnee.

Lichter und lichter hob sich der Morgen. Auf dem Schnee erwachte ein Gefunkel, daß dem Dschapei das Auge fast erblindete. Dennoch gewahrte es jenes sachte Leben, das langsam näher kam und sich herauswand aus überschneiten Zweigen: ein rötliches Tier, schlankleibig und mit spitzem Kopf, halb wie ein Hund und halb wie eine Katze, mit dichtbehaartem Schweif, der gestreckt war und in Erregung zitterte.

Nun hob der Schleicher witternd die Nase; es zog ihn näher, mit klaffenden Zähnen, mit funkelnden Augen. Jetzt duckte er sich zum Sprung. Da schob sich zwischen den weißen Büschen lautlos die Gestalt des Wimbachjägers hervor, der seine Büchse hob.

Wohl sah das Dschapei den Schuß noch blitzen. Den Hall und Widerhall vernahm es nimmer. Es war von allen Leiden seines Lebens erlöst, als der Wimbachjäger wie ein Wilder fluchte: »Himmelherrgott und Bluatsakrament überanand! Was bin ich für a Hornochsenschaf! Hab ich keine Augen nimmer? Oder hab ich Dreck im Gsicht? Ziel auf an Fuchs und derschieß a Lampl! O du heiliger Strohsack!«

10

Allzeit ist sie eine in der Furcht Gottes lebende Frau gewesen! Wie auch wäre es sonst zu erklären, daß sie die harten Prüfungen, mit denen die liebevolle Hand des Allerhöchsten sie bedachte, so geduldig und standhaft

hätte ertragen können? Wie, meine christlichen Zuhörer? Saget mir das! Und was sie auf Erden als Mutter gewesen ist, das könnet ihr an ihrem doppelt verwaisten Kinde sehen, das seine bitteren Zähren hinunterweint in der geliebten Mutter offenes Grab. Mein armes, trauerndes Kind! Zu deinem Troste will ich dir die Worte sagen, welche der Herr in seiner Güte und Weisheit verkündiget hat: ,Es gibt eines, und das ist schlimmer als der Tod!«'

So und so weiter sprach im Untersteiner Friedhof der hochwürdige Herr Kooperator vor dem Grabe der alten Baslerin. Dabei zeichnete er bald mit dem rechten Arm, bald mit dem linken, bald auch mit beiden Händen zierliche Paragraphenlinien durch die neblige Schneeluft.

Die Nachbarn und Nachbarinnen der Verblichenen, die das Grab mit Frösteln umstanden, glaubten ihm alles aufs Wort. Sie hätten es ihm noch lieber geglaubt, wenn er es kürzer gemacht hätte.

Eine einzige stand am Grabe, die den Hochwürden gar nicht hörte, so schön rhetorisch er auch die Stimme hob. Sie hielt die hängenden Hände verschlungen und sah mit rotverschwollenen Augen immer hinunter auf den schwarzen Sarg mit dem langgestreckten gelben Kreuz. Und als die schneedurchfrorene Erde zu fallen und sich im Grab zu häufen begann, fühlte sie jedes Poltern und jeden Schaufelwurf wie einen Stich und Riß im Herzen.

So gewahrte sie auch nicht, daß den Friedhof noch ein verspäteter Trauergast betrat.

Die Leute, die ihn kommen sahen, betrachteten verwundert sein dickverbundenes Gesicht und dachten, daß heute kein Wetter wäre für einen, den das Zahnweh plagt. Zu weiteren Gedanken blieb ihnen keine Zeit mehr, denn eben sagte der Herr Kooperator sein seufzendes Amen. Rasch verließ er die Begräbnisstätte, mit hurtigen Fingern die blaue Nase reibend.

Nun traten die Leute zu dem Mädel und brachten ihre Tröstungen vor. Alle waren sehr betrübt, solange sie mit Nannei redeten. In dem Augenblick, in dem sie sich abwandten, verflog die Trauermiene, und die Gesichter wurden freundlich.

Jetzt war der letzte gegangen – nein, hinter einem dicken Holzkreuz stand noch jener Spätgekommene mit der verbundenen Backe.

Zu Füßen des Grabes ließ sich Nannei auf beide Knie nieder und faltete die Hände. Da hörte sie hinter sich einen Schritt. Sie blickte nicht auf, rückte nur ein wenig, um für seine Knie noch Platz zu machen auf dem kurzen Brettchen, das man für den Herrn Kaplan in den Schnee gelegt hatte, damit er keine kalte Füße bekäme.

Eine Weile beteten sie miteinander, dann suchten sich ihre Hände.

»Ich soll dich recht schön grüßen von ihr – hat s' gsagt.« Nanneis Stimme zerbrach. »Die hat dich kennt. Dös is 's letzte von ihre guten Wörtln gwesen: Der kommt!«

Er nickte nur.

Dann erhoben sie sich und verließen den Friedhof. Solange sie zwischen den Häusern waren, schritten sie nebeneinander her, getrennt durch einen Zwischenraum; beim ersten Schritt in die schneebedeckte Wiese faßten sich ihre Hände.

»Wie geht's dir denn?« fragte sie.

»Es tut's schon. Da schau her!« Festei schob den weißen Verband vom Gesicht. Die linke Backe war von einer roten, noch schlecht vernarbten Schramme durchrissen.

»Jesus!« stammelte das Mädel und berührte mit zitternden Fingerspitzen die wunde Stelle. »Geh, tu 's Tüchl wieder drüber, es is kalt.«

»Ja, der Doktor hat's auch net verlaubt, daß ich an d' Luft geh. Aber wärst ja sonst allein gwesen!«

Sie wanderten und schwiegen. Dann sagte Nannei: »Gelt, der Wimbacher Ghilf! Hat er dir's schon verzählt? Gestern is er dagwesen bei mir.«

»Auf den hab ich a schöne Wut! So a blinder Heß! Den Fuchs fehlen und –«

»Dös arme Viecherl! Was muß dös ausgstanden haben! A christgläubiger Mensch, wann er stirbt, hat sein' Himmelstrost. Was hat denn so a Viecherl?«

Als sie das kleine Haus erreichten und die heftig nach Wachskerzen riechende Wohnstube betraten, mußte Nannei weinen. »Schau«, sagte sie und öffnete die Kammertür, »da drinn hat s' glegen.«

Er nahm den Hut ab und blickte mit ehrfürchtiger Trauer auf das leere Bett. »Um dö is schad!« sagte er. »Aber komm, Nannei, jetzt tu dich a bißl niederlassen. Es muß dir ja in alle Glieder liegen. Und a bißl ebbes z'reden hätt ich.«

Sie gingen in der Stube zur Fensterbank, rückten dicht aneinander und saßen eine Weile schweigend, bis er sagte: »Mit meiner Frau Oberförsterin hab ich gredt. Da kunntest den Winter über im Dienst sein, bei ihre Kindern. Da hättst es gut! A Maderl is da mit fünf Jahr und a kleins Bübl, a lieber Kerl. Der muß dir gfallen. Was meinst?«

»Wie d' willst! Du wirst 's Rechte schon wissen!«

»Und im Frühjahr, so gegen Pfingsten, hätt ich gmeint – oder meinst erst spater naus? Dispens war leicht zum kriegen, weil so allein bist! – – Geh, Schatzl, red doch a Wörtl! Bei so ebbes muß man selbander reden!«

»Heut net – an andersmal!« stammelte Nannei und preßte das unter Tränen glühende Gesicht an die Brust des Jägers, der den Arm um ihren Nacken schlang. »Wie kunnt ich mich erst freuen drüber, wann d' Mutter noch dabei war!« Sie hob den Kopf und fuhr mit den Handballen über Augen und Wangen. »Und mein Dschapei! Wann uns dös gute Viecherl so sehen kunnt, so zammghörig! Meinst net? Dös hätt doch gwiß die größte Freud dran!«

»Freilich, ja«, nickte Festei, »aber weißt, mich selber, mich freut's halt schon am besten!«

Sie sah zu ihm auf und konnte lächeln.

Er hätte sie gerne geküßt; aber da streifte sein Blick die offene Kammertür und das Fußbrett des leeren Bettes. Er legte nur die verbundene Wange an ihr Haar und sagte leise:

»Heut net – an andersmal!«

Über tredition

Eigenes Buch veröffentlichen

tredition wurde 2006 in Hamburg gegründet und hat seither mehrere tausend Buchtitel veröffentlicht. Autoren veröffentlichen in wenigen leichten Schritten gedruckte Bücher, e-Books und audio-Books. tredition hat das Ziel, die beste und fairste Veröffentlichungsmöglichkeit für Autoren zu bieten.

tredition wurde mit der Erkenntnis gegründet, dass nur etwa jedes 200. bei Verlagen eingereichte Manuskript veröffentlicht wird. Dabei hat jedes Buch seinen Markt, also seine Leser. tredition sorgt dafür, dass für jedes Buch die Leserschaft auch erreicht wird.

Im einzigartigen Literatur-Netzwerk von tredition bieten zahlreiche Literatur-Partner (das sind Lektoren, Übersetzer, Hörbuchsprecher und Illustratoren) ihre Dienstleistung an, um Manuskripte zu verbessern oder die Vielfalt zu erhöhen. Autoren vereinbaren direkt mit den Literatur-Partnern die Konditionen ihrer Zusammenarbeit und partizipieren gemeinsam am Erfolg des Buches.

Das gesamte Verlagsprogramm von tredition ist bei allen stationären Buchhandlungen und Online-Buchhändlern wie z. B. Amazon erhältlich. e-Books stehen bei den führenden Online-Portalen (z. B. iBookstore von Apple oder Kindle von Amazon) zum Verkauf.

Einfach leicht ein Buch veröffentlichen: **www.tredition.de**

Eigene Buchreihe oder eigenen Verlag gründen

Seit 2009 bietet tredition sein Verlagskonzept auch als sogenanntes "White-Label" an. Das bedeutet, dass andere Unternehmen, Institutionen und Personen risikofrei und unkompliziert selbst zum Herausgeber von Büchern und Buchreihen unter eigener Marke werden können. tredition übernimmt dabei das komplette Herstellungs- und Distributionsrisiko.

Zahlreiche Zeitschriften-, Zeitungs- und Buchverlage, Universitäten, Forschungseinrichtungen u.v.m. nutzen diese Dienstleistung von tredition, um unter eigener Marke ohne Risiko Bücher zu verlegen.

Alle Informationen im Internet: **www.tredition.de/fuer-verlage**

tredition wurde mit mehreren Innovationspreisen ausgezeichnet, u. a. mit dem Webfuture Award und dem Innovationspreis der Buch Digitale.

tredition ist Mitglied im Börsenverein des Deutschen Buchhandels.

Dieses Werk elektronisch lesen

Dieses Werk ist Teil der Gutenberg-DE Edition DVD. Diese enthält das komplette Archiv des Projekt Gutenberg-DE. Die DVD ist im Internet erhältlich auf **http://gutenbergshop.abc.de**

Zeitfracht Medien GmbH
Ferdinand-Jühlke-Straße 7
99095 Erfurt, Deutschland
produktsicherheit@kolibri360.de